FEMMES D'ALGER DANS LEUR APPARTEMENT

Assia Djebar

房间里的阿尔及尔女人

〔阿尔及利亚〕阿西娅·吉巴尔 著　黄旭颖 译

著作权合同登记　图字 01-2020-2883

Assia Djebar
FEMMES D'ALGER DANS LEUR APPARTEMENT

© Assia Djebar 1980 et 2002
pour《La nuit du récit de Fatima》
© Editions Albin Michel S. A., 2002
22, rue Huyghens, 75014 Paris

图书在版编目(CIP)数据

房间里的阿尔及尔女人/(阿尔及)阿西娅·吉巴尔著;黄旭颖译.—北京:人民文学出版社,2021(2023.6重印)
(短经典精选)
ISBN 978-7-02-016456-1

Ⅰ.①房… Ⅱ.①阿…②黄… Ⅲ.①短篇小说-小说集-阿尔及利亚-现代　Ⅳ.①I415.45

中国版本图书馆 CIP 数据核字(2020)第 119924 号

| 总　策　划 | 黄育海 |
| 责任编辑 | 卜艳冰　李　翔 |

出版发行	人民文学出版社
社　　址	北京市朝内大街 166 号
邮政编码	100705
印　　刷	上海盛通时代印刷有限公司
经　　销	全国新华书店等
开　　本	890 毫米×1240 毫米　1/32
印　　张	7.375
字　　数	137 千字
版　　次	2021 年 1 月北京第 1 版
印　　次	2023 年 6 月第 2 次印刷
书　　号	978-7-02-016456-1
定　　价	59.00 元

如有印装质量问题,请与本社图书销售中心调换。电话:010-65233595

SHORT CLASSICS
短经典精选

目录

开篇
法蒂玛述说之夜

- 009 | 诱拐
- 016 | 弟弟
- 022 | 上学
- 031 | 送人的孩子
- 038 | 孩子，再次送人？

今天
- 053 | 房间里的阿尔及尔女人
- 115 | 哭泣的女人

昨天
- 125 | 无所谓放逐
- 142 | 死人说话
- 193 | 斋戒日
- 198 | 思乡

后记
- 209 | 受禁的目光，戛然而止的声音

开 篇

一

这几部短篇，收录了从一九五八年到……到今天，二〇〇一年九月，一路走来所听到的故事。

支离破碎的，凭记忆回忆、恢复的谈话……或杜撰或接近真实的故事——发生在别的女人或我认识的女人身上——虚构的亲属，昨日与今日交织的面孔和低语，在不确定的、非正式的未来渗透下苦苦挣扎。

我或许可以说《短篇小说，译自……》，可是译自哪种语言呢？阿拉伯语吗？通俗的阿拉伯语，还是女性化的阿拉伯语；抑或是隐蔽的阿拉伯语？

我本可以听任何一种语言发出的这些声音，没有被写下，没有被记录，仅靠口口相传和声声叹息传诵着。

声音里有阿拉伯语、伊朗语、阿富汗语、柏柏尔语、孟加拉语，为什么不呢，然而女性的音色，始终是从面罩下的嘴唇传出。

从不曾出现在阳光下的，被剥离的语言。有时它会被赞美，歌颂，叫嚷，戏剧化，然而嘴和眼睛永远在黑暗里。

时至今日要付出怎样的努力才能让这许多不同的声音依然在昨日的闺阁中沉默？裹着面纱的身体吐出字句，时间久了连字句也披上了面纱。

本书记录的正是我听到的字句，我试图在它们终结以前捕捉一些片段的痕迹。我也只能尽量将这些冒险冲破牢笼的声音还原。

二

过去，似乎，从日常阿拉伯语过渡到法语会造成活力以及色彩发挥的减弱。我也不愿仅仅回忆美好，以及言语中的思乡情绪……

在这沉闷的声响中，女人们还在继续生活吗？束缚着身体和声音的面纱甚至令故事中的人物都呼吸困难。还来不及等到真相大白的那天，他们却发现自己已迈不开步子，因为有许多禁令必须遵守，或者因禁令而让众人的目光转向窥探他人的隐私……

很久以来——或许因为我自己的沉默，有时，因为阿拉伯女人——我感觉到谈论这一领域（除非你是发言人或"专家"）无论如何都成了一种违抗。

不再试图"为谁说"，抑或，"关于什么而说"，也不站在谁的身边说，甚至，如果有可能要完全反对他：这是为数不多的阿拉伯女人第一次达成的共识，她们获得了行动的自由，身体的和精神的。别忘了,被禁锢着的各种年龄、各种条件下的阿拉伯妇女,她们的身体虽被囚禁,灵魂却从未如此攒动。

三

新时代的阿尔及尔女人,自独立以来,更多地走出家门,她们,为了跨过那道门槛,有一秒钟看不见光明,她们是否——我们是否——完全挣脱了许多世纪以来自己的身体与影子之间的关系?

她们真的可以一边跳着舞一边谈话吗,不用因为担心监视的目光而低声交头接耳?

然而这监视的目光,一个世纪以来,带来了风暴,折磨,那是令人无法承受的暴力狂潮,它首先针对的是各个年龄阶层的女性,那些搞运动的女人,接着,很快,转向个人自由的其他象征(艺术家,作家,知识分子,接着是外国人,然后是……)

这些故事,"今天的和昨天的"——与《奥兰,死了的语言》这本集子不同,是在一九九六年一月到八月间的一次旅途中写下的——写的不是暴力行为的火环,也不是它的倾覆。

以我在世界上许多地方的流亡生涯为出发点,或许是为了勾勒出这个又回归到世纪末的撕裂的孤寂夜晚,我写下了《法蒂玛述说之夜》，我的灵感来自四个阿尔及利亚女人的经历，她们属于两代或三代人。

不管怎样，尽管不时地有老奶奶们的记忆灰色地带阻碍，我尽可能以毕加索《阿尔及尔女人》中裸体女仆舞蹈的节奏，保持故事的流畅：让我们敞开大门，彻底敞开，向着隐隐约约的过往，也向着别处，无论那是逃避或是未来，都无关紧要了……

这篇最新的故事，就排在文集的开篇之后，我希望它像这道门槛上的一盏灯，照亮所有女性话语的共识，照亮我们的后人。

一九七九年及二〇〇一年

法蒂玛述说之夜

致 嘉里拉

诱 拐

一

该如何告诉你,灵魂的双眼,我的不幸从何开始,或许在我出生以前就露出了端倪,那么就从赋予我生命的女人说起好吗(她现在已经在安拉的怀抱中安息!)?

我很晚才知道,我的母亲,是的,我母亲——这事不该大声宣扬,即便在女人之间,姐妹或密友之间,甚至仅仅是深夜倾谈时或坐在火堆边,火盆里的火炭即将熄灭之际——我母亲,是的,在十三岁或刚过十三岁的年纪,让我父亲拐跑了!

因此就得提到我父亲——天啊,他也回到安拉的庇护之下了(愿真主宽恕他的罪过!);我父亲和我母亲阿比亚都来自乌列德·斯里曼部落,位于奥马勒①和阿以恩-贝森②之间。他叫图米:

---

① 奥马勒:法属阿尔及利亚省名,即今苏尔古兹兰。——译注(本书脚注均为译注。)
② 阿以恩-贝森:阿尔及利亚北部地区名。

如果他留在家乡，那绝对娶不到我母亲。他和他的家人一无所有：没有土地，连只羊都没有。此外，他目不识丁：无论法语还是阿拉伯语……

在阿拉伯语方面，如果能读懂《古兰经》，他就算是学者了：当然还是穷人，但受人尊重！自幼失去父亲，没有一个叔伯兄长能帮他，如果不参军加入法国军队他还能干什么呢？参军……是为了填饱肚子！而他是个好骑兵：这就够了。

于是他参加了一九一四年到一九一八年的战争，"世界大战"。他似乎是兴高采烈地出征了：能想象吗，他要到海的另一端去！他到了法国；好像直接就给送到战场去了……可能就是去的凡尔登①，好孩子，我是不是记错了？……在这儿，在阿尔及利亚的高原，关于这场战争，我们知道的只有凡尔登……

因为，后来，在这里的每一个城市，你都能看到这些老兵：他们不是少了条胳膊就是瞎了一只眼，或是浑身抖个不停，几乎个个都若无其事地喝酒，直到有一刻突然想起该上清真寺祷告……接着在那之后死去！

所以我的父亲，一定就是在凡尔登，在隆隆的枪炮声中守护他的指挥官：他的长官受伤了，图米冒着枪林弹雨把他扛在自己宽大

---

① 凡尔登：法国东北部一城市名。

的肩膀上。他救了这名法国军官（我有时对自己说，有一个神在保佑穆斯林！）。图米得到了报答：他当上了旅长。

战争快结束时，他获准休假回国，回到我们这儿，阿以恩-贝森边上。他应该是很骄傲的，为他的绶带，军装，还有奖章。

二

至于我母亲，随着时间流逝，我终于了解了一切。在当时，每天清晨，妇女和年轻女孩都要到泉水边去，妇女们拿着羊皮袋，女孩们顶着水罐。打水女人们沿着弯弯曲曲的小路走，为的是避开好奇的目光。

毫无疑问，闻到家乡的气息，图米迫不及待要回家，或许由于他在休假，他才敢打破一切习俗——也可能他感觉太幸福了，刚当上旅长，胸前还戴着奖章。

于是我父亲在一个拐角处，离泉水不远的地方，遇见了打水女人的队伍……

就在这个黎明，远处隐隐传来乐队演奏的声音，是为了某个节日的到来在排练吧，图米在长笛声中第一次见到阿比亚。

她走在最后，是队伍里最年轻无疑也是最美丽的；他就在她面前停下。他们看着彼此的眼睛。而阿比亚，要一旁的女伴拉着她的手才能迈开步子。他们彼此凝望着。

阿比亚还不到十四岁，父亲去世了，她和母亲以及两个哥哥生活在一起。"我那时很不幸"，她说，自然的：两个哥哥都结婚了，失去了父亲的庇护，她除了当两个嫂嫂的女佣又能如何？哥哥们难道不是家里唯一的主人吗？

图米被迷人的少女打动，很快决定向她的哥哥提亲。他是怎么想的，图米，或许觉得这一切该属于他？"最漂亮的女孩"，就算她是个孤儿他也不在乎！他还提出要付一笔可观的聘金。

傲慢的哥哥们显然还记得这个回到家乡的穷小子的出身。他们马上就答复前来为图米提亲的媒人："不，这不成！"然后又几乎异口同声地补充道："这家伙是个当兵的：他随时会走！"他们装出一副小心翼翼充当妹妹监护人的样子，极力表现出他们的谨慎，或者说是爱！

阿比亚没受他们的骗，她那性格温顺的、在儿子面前从不大声说话的守寡的母亲也没上当：她从早到晚辛苦地劳作。挤羊奶，摘橄榄；此外，还要承担家里大部分的家务活：两个儿媳只管哄孩子，以及讨各自老公的欢心……

我亲爱的孩子，阿比亚并不知道法国童话中灰姑娘的故事，我在识字以前也不知道：她，她称自己为（她的母亲默默垂泪）：

"伊蒂玛，我是伊蒂玛！""孤儿，我是个孤儿！"……她内心饱受折磨，从那以后，在去喷泉的路上，遇上图米的眼光，她就会停下脚步，双双对望良久。

三

图米在遭到哥哥们的两次拒绝后，决定把心上人拐走。"是吗，"他生气地想，"我，军人，要走的？……那我们为什么不一起走呢？"他马上派人送口信给阿比亚："如果你愿意跟我走，那么就明天走，五点钟，在喷泉后面的棕榈树下见：早晨五点！"

阿比亚静静地听信使带来的口信（一个苍老的独眼人，流浪汉，整个夏天都以乞讨为生，直到秋天收成季节结束，然后消失在北方）。她怔在那儿有一分钟的时间，聚精会神地思索，接着很快给出了肯定的答复，边说边点头，确切地说是从下往上抬了抬下巴。那是快要天黑的时候。

晚饭后，她把年迈的妈妈玛格杜答拉到一旁，把一切都告诉了她。妈妈坐在地毯上（她当时正准备做祷告前的冥想），阿比亚向妈妈弯下身。她吻了妈妈的额头，接着吻她的白缎子头巾，最后吻了她的双眼。

玛格杜答一言不发，在长长的两分钟沉默之后，她伸出修长的手指放在女儿头上,给予她祝福:"我同意,但有一个条件。"她说,"你走后,一定要求他跟你注册结婚!"

就这样,第二天将要天亮前,阿比亚溜出家门,在晨曦中一路小跑来到约定的棕榈树下。她就跟着旅长走了:他走在前面,她离了几步跟在后边,这样走了一个小时。他们走了两三公里,来到一个大城镇。在那儿,拐带妇女的人——我父亲,弄来了一辆客用马车:好像穿着那身军装,他有权这么做:我必须提醒你,亲爱的,那是一九一八年!……

他们就这样到了另一个城镇的一家客店。一到那儿,图米就租了一处住所。他们再也没有离开那里。第二年,他们有了一个女儿。

在一片寂静中响起法蒂玛的笑声,流淌着,像溪谷中的泉水,带着泥浆,而泥浆下依然是潺潺流水……"你猜怎么着?"她说,"我是独生女:这个女孩,当然就是我!"

退伍后,我父亲开始经营农场:他照顾牲畜,也会操作各种机器和拖拉机,还会修理发动机:他工作得很辛苦。他觉得幸福。

我母亲只有我这么一个孩子。我猜想她为此很难过,可能因为不能生一个儿子。可是图米说，女儿让他心满意足！……然而，你已经知道，我有一个弟弟，阿里。觉得奇怪，对吧？……告诉你吧，阿里是收养的，确切地说，他其实是我表弟。

法蒂玛恳求在刚刚展开的叙述中（在形式上），把小阿里作为新的主要人物。"这样可以告慰我母亲了！"法蒂玛叹了口气，几乎是自嘲地说。

弟　弟

一

我母亲走后，根据我跟你说过的情形，哦我的小公主，不出意料的，她的哥哥们公然与她断绝关系。以至于在接下来的许多年里，她都不能见到她母亲，这让她备感煎熬！

过了很久以后，一想起这场离别，她还是会伤心落泪：由于一时冲动而出走，年轻的她如何能预料决裂带来的痛楚？

这些年来，关于这次出走，她所记得的就是亲吻母亲前额和头发，以及玛格杜答给予她的祝福。

至少四年过去了。有一天，两个哥哥中的一个——最年轻，最温柔的那个——来到我父母家。他在外边敲门。

我必须提醒你，亲爱的，你不记得这些老地方了，我们从前住的奥马勒附近，也就是说，实际上，距离我母亲老家所在的村子，坐小推车要两小时。

她弟弟进门来，拥抱了我母亲，和我见了面，我那时是个三岁的小丫头——我父亲不在家。阿桑——舅舅名叫阿桑——讲了讲他的情况：他是来寻求帮助的。

七个月以前，他失去了妻子：他妻子在生第三个儿子的时候死去。尽管脱离了近在咫尺的家庭，阿比亚在获知情况后，还是派人去送信：她提出要抚养这个婴儿，她说，"直到他长大成人，能够自力更生！"

小哥哥仍对她心怀忿恨，连句感谢的话都没有。"我才不把儿子给人！"他当时是这么回复的。

阿比亚知道她母亲身体已经衰弱许多。她想哥哥很快会再婚，至少，为了他那几个如此年幼的孩子……她自己，又一直想要一个儿子……她始终没有盼来的儿子。

二

就这样，在这个春天的早晨，阿桑出现了。他装作已经忘了他和大哥曾经大声宣布跟妹妹脱离关系。他用充满感情的、柔和的声音对阿比亚说：

"七个月了！我一点儿结婚的念头也没有……若是新娶一个老婆，她也会要生孩子，加上原先的三个孩子，再说妈妈也得靠我们，现在日子实在变得太艰难了！……我的两个大儿子已经开始上学。他们的外婆和阿姨照顾他们。至于小娃儿（他的声音低沉下来），阿里，他每天晚上都哭……当然了，头几个月，我小姨子会起来喂他，让他安静下来。现在，他们就由着他哭……我真恨我自己！"

最后，舅舅试着控制了一下自己的情绪：

"我该让你抚养他的，你毕竟是妈妈的女儿！你是那么温柔又勇敢！"

"我只有这么一个女儿！"阿比亚搂住我说；然后，在哥哥面前，她哭了。

不过她最终还是克制住了自己。给客人倒咖啡。思忖片刻，然后说道：

"好几个月过去了，哥哥！今天，是你上门来找我，我看见了，也感谢你。不过（她犹豫着）我得先征求我丈夫的意见。"

阿桑弓起身子；低头不语。最后，要走的时候，他轻声说：

"当然，阿比亚，你可以跟你丈夫一起，去看看妈妈！她有些虚弱！……她今年五十岁了：虽然不是太老，但她年轻时太操劳了！"

后来，阿比亚向我们，她的两个孩子，讲述了她母亲玛格杜答干涠的年轻时代。

她小时候跟父亲和继母生活在一起，独自一人打理整个牛棚，照顾奶牛，小牛犊和母羊……接着很年轻便结了婚，接连失去三个孩子，都是在出生时或刚出生不久，好不容易才保住了后边的两个儿子！儿子长大成人，她任由他们颐指气使，唉！的确，在他们还不到十四岁和十六岁的时候便失去了父亲：于是他们把自己惯成了男主人！

三

到头来，是玛格杜答要求儿子们载她到阿比亚这儿来，借小开斋节之际，我想。

她乘着敞篷马车，带着三个年幼的孤儿：两个男孩穿着体面，八个月的婴儿抱在她怀里。她就这样走进女儿的家。两个女人，母亲和女儿，哭泣不止，四年了，她们不曾见过面。玛格杜答身材矮胖，看上去老了至少十岁。她什么都没说，只谈到这次节日，多亏了阿桑舅舅，让她们母女得以重聚。

我当时也在，我，漂亮的女娃，我可没忘了自己！我的外祖母玛格杜答亲吻了我，把我放在她膝盖上：我仍然记得她的味道，棕色的皮肤，被浓黑的眼影墨描画得又长又黑的大眼睛……最后我注意到她眉间的蓝色图纹：一朵精致的蔷薇，这让她看起来有些怪。戴着层层叠叠的丝巾，淡紫和橙黄色的，她就像一位年长的原始部落的女王，不知来自何处……

原谅我吧，亲爱的，我不记得后来的事啦，幸好我母亲阿比亚经常向我描述重聚的情形。外祖母领着孩子们到访的时候，我父亲不在村里。一个小时后，图米回来了。

就在他踏进门槛的那一刻，听到了最小的孤儿——小婴儿——持续的哭声（他每晚恐怕就是这样吵闹，搅得阿桑头疼，无法入眠！）

据图米后来自己描述，他当时还来不及穿过前院："就感到心一直跳！"他走近房间，只见两个女人神情忧伤，两个衣着亮丽的漂亮小男孩在玩耍；尤其是，尤其是，他望见阿比亚盘腿坐在席子上，怀里抱着八个月的婴儿，脸俯向孩子，不知疲倦地用耐心的口吻安抚他，十分投入。

阿比亚，面对婴儿，也像孩子般牙牙学语，发出有趣的声音，拱着嘴唇开始唱歌，那婴儿呢，脸蛋上淌着眼泪，渐渐开始听她唱歌了，握紧的小手也慢慢松开……而那两个妇人，母亲和女儿，感动不已，注视着他，微笑着，满怀希望！

"穿过前院时，我感到我的心怦怦直跳！"图米稍后对他年轻的妻子说。

玛格杜答那三天节日里都待在女儿家做客，三个男孩也是。她们聊了许多，无论母亲还是女儿心里都渐渐感到满足。婴儿每天夜里都睡得很安详。

到了第三天，阿桑，小阿里的父亲，驾着四轮马车回来了，要带全家人回去。"阿里留下跟我们一起住！"道别前他妹妹轻声对他说。这当父亲的就这么走了，祝福的话到嘴边却没说出口。

上　学

一

"就这样，"法蒂玛的思绪仿佛还停留在回忆中，"我母亲，阿比亚，万分幸福地抚养着阿里，我的表弟，或者说，我弟弟！"

她叹了口气，犹豫着，想中断这次叙述，然而回忆逼迫着她，令她不吐不快，尽管忧伤可能再次将她笼罩。"迟些，再迟一些吧！"她才愿意继续讲下去。

她站起身来，好掩饰她的哀伤，站了一会儿之后，又坐回席子上，手里拿着念珠，眼神空洞，她又变回了叙述者。

阿里，我的弟弟，他后来的生活是多么荒唐！……去年，他死了，在那边，卢夫西恩①，在法国！……

---

① 卢夫西恩：法国大巴黎地区伊芙林省的一城市名。

为什么提前说这些呢,还是回到刚才吧,那个脆弱的婴孩就这样来到我们的生活中,填补了阿比亚的孤独,啊我的母亲!……(还能怎么样呢,我的甜心,即便我有幸受到父母的疼爱,他们当时还那么年轻,不到二十岁,而我母亲只有在拥有了一个儿子之后才觉得自己是个真正的女人!)我弟弟此后和我们生活在一起,我妈妈应该就此陶醉在她母性的喜悦里了吧? 亲爱的,你想听听我的故事吗?

就这样,并不仅仅出于叙述的需要,将故事情节在脑海里翻来覆去地反复整理——叙述者把自己放到了故事的中心:此前一直在讲别人故事的法蒂玛,终于鼓起勇气要说她自己了!

我弟弟来到我们家的这一年,我记得那个春天是多么的……明媚啊! 我快四岁了,生活过得多么幸福!

哈桑舅舅经常驾着马车来看我们,带着他两个儿子,漂亮得像两个小男子汉——穿着阿拉伯传统服饰:蓬腿裤,缝了金线的哔叽网格花边,毛料白色斗篷披在一边肩头,卷曲的头发上戴一顶红色的土耳其帽。

他们让我坐在后座,跟两个表哥一起,我是唯一的女孩儿,怀里抱着小婴儿。我父亲爬上车,坐在舅舅身边,我们就这样出门去遛弯:有时要花一个下午。我们甚至到过奥马勒!

生平头一次,我看见了城市,一个真正的城市:有法国人的——不像在村里那样,宪兵和邮差是我们所能见到的全部欧洲人,而且还穿着制服;在奥马勒,我们可以见到真正法国人的家庭,每个男人(我也注意到了这一点)带着妻子和孩子,住在一幢独立的房子里,窗户对着街道,屋顶上有红色的瓦片……

"这叫做'别墅'!"我父亲解释说,"我在法国见到过很多,还有更漂亮,更大的,房子前面还有水池和开满鲜花的花园!……"

"我看啊看啊,看得目不转睛!"她欢呼着,几乎笑出来,像鸟儿的啼叫,伴随着童年的惊奇。

法蒂玛出神了有一两分钟,在停顿中,我几乎能够听见——我,自始至终的听众——马儿奔跑的声音,当时马车上载着这些男人,他们的儿子,还有惊讶的小女孩,穿梭于奥马勒的街道,阿尔及利亚高原上一个小小的殖民中心……

二

我想,也是从这时候开始,父亲有了一个想法,希望我们大家，妈妈，阿里，我还有他自己，有一天能够住到这个城市来。

在我们第三或第四次进行这样的远游时，我突然听见父亲说——当时我们的马车经过一幢建筑，从里面走出一群欢快的法国孩子，肩上背着书包——是的，我听见图米，我父亲，非常大声地对阿桑舅舅说：

"我女儿，等她六岁的时候，要去法国人的学校上学：就这么定了！"

他朝着孩子们的队伍大大地张开双臂，队伍中有男孩也有女孩。我们甚至必须停下马车好让最后一群孩子轻松地过马路。他们也看着我们（应该是在欣赏吧），穿着毛料或丝绸的民族服饰，还有各式各样的白色衣物……

然而，他用阿拉伯语高声喊出的话语，让阿桑舅舅着实吃了一惊。我到现在都记得，当时我还那么小，把小婴儿抱着放在膝盖上；舅舅本来激动地想说些什么，可是他转向我，用滑稽的眼神看了我好一会儿。然后他就转过头去了。他选择一言不发。

而我呢，回到家（阿比亚每次为了招待她哥哥都会准备蜂蜜裹煎饼，烙饼，甚至一顿丰盛的晚餐），我在去睡觉前，向母亲重复了父亲说的那句话：我放低声音，照着我当时见到的情形，还记得舅舅转过身望着我的滑稽眼神：

"爸爸，他说：我女儿，等她六岁的时候，要去法国人的学校上学!"

阿比亚亲吻了我,什么都没说,看得出她很感动。

这一年的秋天,或者稍晚一些,我父亲接到回部队的命令。于是某一天早晨,他走了,骑着马;后来,我知道他参加了战斗——和他昔日的战友一起——在摩洛哥,里夫山①。

有超过一年半的时间,我们没见过他。寄钱的汇票当然是按时到来。阿桑舅舅每星期来一次看我们需要些什么,要买些什么。

而阿里,我那正在成长的弟弟,我和妈妈一同照料他。我们一起在前院玩耍:投掷杏仁看谁投得最远,把秋千荡得最高,秋千很轻,系在欧楂树的树枝上。我还在地上跳方格,一跳几个小时,独自一人!

每天晚上,阿比亚,蹲在我们床边,我们俩分别挨在她双膝旁,她一面哄我们入睡,一面久久唱着无限悲伤的情歌。她的声音,我敢肯定,能一直传到图米,我父亲那里! 我听着听着,慢慢睡着,眼中噙着泪水,总是那么幸福……

最后,我父亲总算回来了。我记得我第一个跳到他身上抱住他,在街道上,我们家门前。他显得很严肃,语气比较沉重,第二

---

① 里夫山:摩洛哥北部山脉。

天清早，我听见他对母亲说：

"军队，这一次，完了！……完了！"他用阿拉伯语的颤音重复最后两个字（Khlass! Khlass!），听上去很痛苦。

他带我们，阿里和我，出去走了一整天。临近傍晚的时候，他在我面前，用温柔的声音，向我承诺道：

"下个月，我们就搬到奥马勒去。你长大了。要穿上裙子。等一开学，你就去上学，和法国小女孩一样！"

我一下子在他面前站了起来。他把我从地上抱起，将我整个人举到他肩膀上，面对着夕阳。

我笑着，笑得很不安：直到现在，他已经离世，可怜的人（愿真主保佑他！），直至今日我仍然记得那一刻他的面容，他的姿势：脸色凝重，忧郁，但眼睛因为我而闪闪发亮。我心里感到莫名的震撼。

过了很久以后（因为，天啊，命运让我过早地与这个男人分离，可我是如此频繁地想起他和他的生活！），我才想道："图米打完仗回来了，可是跟第一次不一样，好像他不再为自己感到骄傲了！"我觉得他显得悲伤而神秘，即便在我这个孩子的眼中。

后来，真的，有一次，当着那些和他一样从战场回来的战友的面，他用颤抖的声音，提到了那个里弗人，那个战败的首领。我一直把这个名字深深藏在心底：阿德尔克利姆，这是他的名字。我父亲告诉我们，这位摩洛哥起义军首领决定投降的那一天，他就站在法国仪仗队里。

"他那天也在场，"图米回忆道："我们觉得他被打败了！可是当这个小个子男人经过我面前时，好女儿，我的视线与他有一秒钟的交会：那是个不可战胜者的目光！"

三

在奥马勒，我就去上学了，在一群法国女孩中，我是唯一的穆斯林。就这样从我六岁开始一直到十三岁。

我完成了整个小学阶段。我甚至获得了毕业证书，是所在地区的"土著"女孩中第一个获得这文凭的，那还是三十年代初的事！你能想象吗，我的小公主？

我们一共是二十个女孩，我在班上总是排前三名，另外两个，一个是西班牙女人的女儿，另一个是犹太女孩——她也是唯一带我回她家玩的同学，因为她母亲喜欢和我说阿拉伯语……

对于我优异的成绩，我是那样自豪！我父亲，每个学期，收到我的成绩单，都叫我给他读上边的考试结果：法语，算术，历史。

我告诉他分数，再给他解释老师写的表扬评语。然后需要他签字，他就会笑呵呵地，用右手拇指在我的成绩单上摁手印。我感到骄傲，为他的骄傲而骄傲！

阿里，我弟弟，也开始在男校上学，在我的学校旁边。我们俩每天早晨手拉手地，去上学。

可是，我上小学的最后一年（他当时还不到八岁，六个月前大家隆重地为他行了割礼），他拒绝在外面和我走在一起。他宁愿要其他男孩做伴：和他一样的"土著"男孩：穆斯林法官的儿子，或是卡比尔人①面包师的儿子。

"'最后一年？'我是这么说的吗……"法蒂玛停了下来。艰难地克制住一阵忧伤的情绪。"为什么还要继续呢？"她叹息道，"我已经将我生命中全部的幸福都告诉你了。其余的……"她询问的声音忽然止住。叙述者用手驱赶黑色的思绪，那挡住晨曦的乌鸦的翅膀……

稍后，她用简短、枯燥的语句，讲了后来发生的事：她是如何在十三岁时离开学校，又是如何在一年以后——结婚的！

"是，是真的，在和我母亲当年相同的年纪：我父亲把我

---

① 卡比尔人：居住在阿尔及利亚的柏柏尔人。

给了……他的一个朋友,和他一样的军人,他器重的一名军士。我,当时还不到十四岁,而我丈夫,已经超过三十岁!"

法蒂玛笑了,短促发颤的笑声,令人听不出丝毫苦涩和反讽。当然,也没有屈服……时光已逝,反抗,即便是微弱的反抗,还有什么意义? 叙述这一切又有什么意义呢?

然而叙述蠢蠢欲动。也只有它,仿如银色或乌黑发亮的丝线,在漫漫长夜中闪烁……

送人的孩子

一

法蒂玛停了下来；她年轻的儿媳，阿妮萨，一整夜都在听她的讲述，直到接近黎明时分，嚷了起来：

"你说，你父亲把你给了人？这怎么可能，你可是'你父亲的心肝宝贝'啊，快告诉我，是怎么回事！"

"我们当时在闹独立，今天，当然不一样了！……是的，我父亲把我嫁人了，在我离开学校一年以后！我母亲，至少，在同样的年纪，还可以自己选择！记得吗，我跟你说过的，虽然我不应该提！……"

法蒂玛用手使劲驱赶你们脑海中的记忆，如蝙蝠般如影随形的记忆……

我父亲，在三十年代初，喜欢去听我们当时的一些新领袖的演讲……我记得，有一个从塞第夫①来的药剂师，叫阿巴斯……军队的战友和图米在一起，然后他们跟着他一直来到我们家。而我，有一天（当时我还没离开学校），我有点……不知轻重，或者说天真地问道：

"你说，"我问图米，我父亲，"为什么你只带我们去阿拉伯人的家里？"

他定定地看着我。什么也没回答。他让我去考毕业证书。第二年，就把我嫁给了这位他器重的朋友。

我丈夫过去是个中士，或者中士长。婚后的头几个月，每天晚饭后，我站在他面前，给他读报纸。然后我们就上床睡觉。

十四岁时，我有了一个儿子。这一年，我那领养来的弟弟离家出走了：没有告诉我母亲，也没有回到他父亲那儿，他一下子跑到阿尔及尔去了。他篡改了身份证明，虚报了两三岁，参加了海军。

我母亲为此痛心不已：她一直哭个不停。我去安慰她：我那时怀了孩子，不过快要临盆。情急之下，见她那么悲伤，我用手指着肚子，向她提议：

"妈，如果是个男孩，你就把他抱去养吧：不过，生下来第三天就要抱走，这样我就来不及对他产生感情！"

---

① 塞第夫：阿尔及利亚城市名。

阿比亚看着我，十分惊诧，接着，面露犹豫之色：

"你舍得吗，真舍得？"她问我。

"你将是一个比我更好的母亲！"我回答道，我由衷地认为，这能够填补她心中由于阿里离去而留下的空白。

"可是你丈夫呢？"她又问道，小心翼翼地。"他会答应吗？再说如果是女儿呢？"

我不知道她的意思是说我丈夫会更容易放弃一个女儿呢，还是说，正相反，就像我父亲和我那样，会对女儿更依恋……

出于年轻的自信，我笑了。我甚至用手掌拍打圆鼓鼓的肚子：

"我有工厂，在这儿！"我说，自负又幼稚。"我会为我们再生一个的！"

我母亲，审慎地考虑了我的建议后，决定了：

"你就跟你丈夫说：我，阿比亚，以真主的名义发誓，如果是个男孩，我会抚养他，用我所有的爱！可是如果将来不幸，你只生了女儿，我也一定在这男孩七岁之前把他还给你们！"

这件事就这么定了。

二

这个男孩在一九三六年出生；我母亲就成了他的母亲，从第三天开始!

有一整年的时间,我都感到高兴:轻松而高兴。它来得正好:我丈夫被通知将派往法国,参加培训,在枫丹白露。他一个人先走,一个月后把我也接过去了。啊,法国!……在那儿,我经常和法国女人来往:她们,全都是士官的妻子。她们都惊诧于我对法语的精通:我的法语无可挑剔! 当然了,她们也注意到了我的年轻:我还不满十八岁……

因此,当我和我丈夫一同现身,他那时刚刚通过检疫,她们对他说:

"您妻子……真年轻!"

另外几位补充道:

"而且这么高贵! ……"

她们的意思是:

"你瞧,她有散沫花①那样的肤色,头发乌黑发亮,眼睛甜美圆润,就像是来自马赛,尼斯,或者科西嘉……(她们惊讶得叫起来,我对此尤其感到自豪。)而且她没有一点口音!"

因为我很快就提高了梳妆打扮、买杂志还有书的品位……然而,我现在才意识到:这些女士是很可爱,可是没有值得我交心的

---

① 散沫花:一种花名,常被用于修饰女人身体。

朋友——即便有，我能跟她们谈我的母亲，谈我送给她的儿子吗？……

这时，战争开始了。我丈夫的军团被派往洛林地区。他什么事也没有：甚至连仗也没打！军队就投降了。

我呢，继续留在枫丹白露，独自一人，在屋子里转来转去；并且时常哭泣，因为孤独！卡西姆终于回来了，我们又回到家乡。他升了职，被派往米迪亚①。

我回乡探望母亲的时候，是一路哭着去的：因为去之前就有人告诉我，我父亲一年前在医院去世了，死于结核病恶化！我母亲，只收到过阿里的只字片语：她对穆罕默德也是那么疼爱，这个我送给她的儿子，我不敢，到了第八天我要离开她去跟我丈夫会合的时候，我也不敢跟她提把他要回去的话：她该变得多么孤独啊！

她享受我父亲的一半军饷；她把她的老母亲接到身边，她母亲已经瞎了。邻居家的孩子们负责帮他们买东西。我们分别时，阿比亚和我，痛哭失声。

关于我后来的生活，在米迪亚的生活，该和你说些什么呢，哦

---

① 米迪亚：阿尔及利亚最重要的城市之一，位于距阿尔及尔东南80公里处。

我的小女王？从那时起，一直到独立？没什么特别的，除了纳迪尔的出生，当然，那是一九四一年……你认识他，在首都的节日里；他取代了我心中第一个新生儿的位置——我送给我母亲的那个孩子，愿真主保佑他们，他们两个，并赐予他们救赎！

三

我，阿妮萨，法蒂玛的媳妇。阿尔及利亚独立后几个月，我陪桃丝，我母亲，去阿尔及尔，她是乘船出发的（不是去法国，我母亲不是"黑脚人"①，她是柏柏尔人，从年轻时起，就不愿成为穆斯林或信仰其他任何宗教）。她决定从教师职位退休后到巴利阿里群岛生活，在帕尔马②。"是的，就在这个岛，我将在这里生活，在这里死去，"她下决心道，"既不在阿尔及利亚的阿拉伯人中间，也不和法国人一起"，尽管她很久以前就宣示了她的阿尔及利亚民族主义立场……

我对法蒂玛说了我母亲的这次旅程；她的儿子纳迪尔是我在大学认识的，他当时选修的是关于法国过去的反德游击队员

---

① 黑脚人：指阿尔及利亚独立之前出生在阿尔及利亚的法国人或其他欧洲人后裔。
② 帕尔马：西班牙巴利阿里群岛首府。

的特别课程，一年前我嫁给了他，没有举行任何仪式：我们给帕尔马的桃丝发了封电报，然后一起去了米迪亚，见我的婆婆，她当时才刚四十岁。

法蒂玛尽管单身守寡，仍拒绝和我们一起去阿尔及尔，过了一段时间，我告诉她我怀孕了……我可发愁了：我该怎么完成大学学业呀？

"我会去阿尔及尔看你们，等你生孩子的时候，我会帮你照顾孩子的！"法蒂玛承诺道。

我刚刚陪她去了她所在城市的公墓：她在她第一个儿子的墓前静默良久，穆罕默德一九五五年加入游击队，纳迪尔在很年轻的时候，刚高中毕业一年，也加入了游击队……

在第二次去拜访她之后的夜里，蹲坐在法蒂玛的床前，我听她讲她的故事，直到将近黎明。

不过现在轮到我了，不是讲故事，应该算是一次寻常的忏悔……

孩子，再次送人？

一

法蒂玛讲故事的这个漫长夜晚，纳迪尔就在边上沉沉入睡，他等不到我。清早，他过来亲吻我们，他母亲为他准备了蜂蜜炸糕，专门为他做的，他就开玩笑——他总是用一种讽刺的语气，简直像个破坏分子，尤其当他回忆过去，往日的生活片段，都是关于他在游击队，或者监狱里的时光。

"是穆穆，"他对我说，"给了我第一次的政治教育！你知道吗，解放战争前不到两年的时候，我甚至还不知道我有个哥哥？"

纳迪尔脸上带着率真的笑容出门了，没看到他母亲忧郁的目光，她喃喃自语道：

"纳迪尔，就是这样才招人爱！"——法蒂玛对我说："他可以拿一切来开玩笑，特别是当别人痛苦得快要窒息的时候！"

她站起身来离开了房间。

接着我就怀孕了。我刚捱过了呕吐和恶心阶段，不过身形还没有太大变化。我对纳迪尔说：

"这一整夜，我明白了你母亲，在那么年轻的时候，十五岁，怎么会愿意把她第一个儿子送给她母亲的！"

"其实，"纳迪尔回忆道，"我父亲成为军官后，我们在这里的生活周围只有法国人……法语差不多是我的母语了！我几乎不记得阿比亚，我那高原上的外祖母：我只在婴儿时期见过她！"

"你和你父亲，不说阿拉伯语吗？"

"我父亲，我想，他觉得暴风雨快要来了，只顾着及时办理了退休：他是在快到一九五四年的时候办的。然而，有一天早晨，对我来说这事仿佛发生在昨天……（这时，法蒂玛走了进来，见纳迪尔在代她讲过去的事。她悄无声息地坐在了地毯上）……那是个秋天的早晨，即将开学前，有人在外边敲门。"

"我那时大约十一岁。我去开了门：面前是一个十四或十五岁的男孩，穿着阿拉伯服装，是那种最传统的阿拉伯服装，高贵而传统（纳迪尔走神了一秒钟，然后……）。我在门口叫我母亲，当然，用法语叫的——这是我们家立下的规矩，为的是让我父亲能够把他的初级法语说得更好些。是的，我通知了母亲，望着这个陌生少年，我看得出他显然不是来乞讨的，不，他衣着考究，但他是从很远的乡下来的，他来我们家干什么呢？'妈妈，'我几乎喊起来,'门口有个阿拉伯人!'"

说到这儿纳迪尔笑起来,夹杂着一丝苦涩(后来,我们俩单独相处时,他说:"是的,我感觉,自己,就是个小法国人;殖民异化,我就是它的优秀产物!")

二

"我母亲来到门口:那么优雅、轻巧,踩着高跟鞋,穿着欧洲式的短连衣裙。突然,我见她紧紧抱住那个'小阿拉伯人',转头看着我,满脸泪水,对我说,非常轻声地:'纳迪尔,这个小阿拉伯人,是你兄弟……你的哥哥! 我母亲终于同意把他还给我了!'"

"她把少年领进来,'这是穆罕默德',她介绍道。"

"'穆穆',我就是这么开始叫他的,他显然也上了法国学校,在奥马勒。但是他很固执,在很长时间里他都固执地在家里坚持只说阿拉伯语,那毕竟是他'真正'的妈妈,阿比亚的语言。"

带着比较沉重的语气,纳迪尔补充道:

"接下来的两年,尽管穆穆想继续电力技术教育,我呢,亏了有他,我开始说阿拉伯语……穆穆尤其在政治上教育了我,他自己甚至没有察觉到。他告诉我南边的悲惨生活,日益加剧的不公平,少数欧洲人享有的特权！……后来发生的，"他不再说下去，因为不愿重提这段往事，"你都知道了，阿妮萨！"

事实上，我，阿妮萨，之前听法蒂玛说过"穆穆"死于战斗中的经过，一九五八年，在卜利达①北面的山区。纳迪尔，在他哥哥身边受伤，战争结束前一直被关在阿尔及尔的巴伯路斯监狱里。

三

法蒂玛，几个月后，从米迪亚南下，来阿尔及尔看我们。

纳迪尔，通过了最后几门考试，开始在一家报社当记者。我们的新家，在阿尔及尔的高地上，有三个房间，因此法蒂玛能够和我们住在一起，等待我女儿，梅里姆的出生。每个星期五，我婆婆，尽管她从不祈祷，总会和邻居妇女们一起去贝尔库②的公墓：

"穆罕默德和他老父亲的墓——他父亲那么快就随他去了，因为过分悲痛——需要我照看，在北方！"回来的时候，她叹息道。

我，桃丝的女儿，打算把这叙述的环一点点合上——这蠢蠢欲

---

① 卜利达：阿尔及利亚北部城市名。
② 贝尔库：阿尔及尔市一区名。

动的叙述，我本不想牵扯其中……故事的线条会不会将我箍紧，将我缠绕，将我囚禁？

我感到有必要讲讲我母亲的故事，桃丝是卡比尔人，教师，她的教师生涯都在另一座山区城市度过，在米利亚纳①。

"桃丝，三十年代时，嫁给了一个法国来的'城里人'，这个人只是偶然来到那里，是个桥梁工程师。"

法蒂玛听了，万分惊讶：

"你母亲有勇气，嫁给一个非穆斯林然后继续待在她的城市里？"

"我母亲的父亲，是个坚信社会主义的小学教师，他坚持按自己的意志培养她。她一直待在米利亚纳，尽管两边族群的人见到他们夫妻就默不作声。桃丝领导一所培养女教师的师范学校，她全身心地投入她的工作！后来她很早就守寡：我父亲，时常喝多，一九四五年死于一场摩托车事故。我哥哥，我母亲同意给他起了个法国名，他很早就去法国定居了；而我呢，她叫我阿妮萨，可是（我一想起来就笑）她有时也会把我叫做'安妮'！"

沉默片刻后，我最后说道：

"独立后，想必是听了许多本地人复仇的故事（她从不愿对我

---

① 米利亚纳：阿尔及利亚地名。

说起），桃丝决定到别处生活，在两个国家之间，算是吧……"

法蒂玛一直在专心听我说，这时突然嚷起来：

"如果桃丝不来阿尔及尔看她外孙女，我——我从前可喜欢旅行了——我就带着孩子去她那儿！"

我一句话都没说。我不再想我的母亲，只想着这个婴儿，在我腹中攒动，她的周围一片黑暗，很快就将不知不觉地出现在我们中间，在法蒂玛和我中间！

四

梅里姆在七月出生……我们一起动身去米迪亚：这个阿特拉斯山脉顶端的城市，夏天是那样的美。法蒂玛的房子很舒适，后边有一个果园，前面还有一个开满鲜花的小花园。在花园尽头，篱笆边上，有一株扁桃树，这是我第一次看到扁桃树开花。

一个月以后，纳迪尔必须回阿尔及尔去工作了。我打算稍后与他会合。

"你可以把梅里姆留在我这里！"一天早晨法蒂玛对我提议道。"一个月，六个月，一整年都行，我会替你照看她：这样你就能安心完成学业了！"

我沉默不语。我刚刚给女儿早早地断了奶！法蒂玛有一个女佣，还有一个老园丁为她买日用品；附近的房子里，新来的居民都成了她的朋友。把孩子留在这儿，的确，她会得到许多关爱的。

从一开始，梅里姆，当她在法蒂玛怀里或床边睡着时，夜里就从来不哭。她不依恋我：我感觉得到。

法蒂玛向我们提议：

"纳迪尔和你，要习惯经常上这儿来，起码每两个周末一次：至少，在下雪以前……"

那天夜里，我一整夜睡不着。两天后，我只身返回阿尔及尔，在纳迪尔身边重新开始我的学生生活。

我们每晚外出：上电影院，去渔场的鱼餐厅吃饭。和一小群朋友、伙伴一起，我们步行到城市的高地，人人都专注于谈论政治——谈的当然是世界政治！

人人都很专注，除了我！夜里我在床上醒来，眼睛睁得老大，自言自语："所以，这次轮到我，把女儿送人了！真的送了吗？"

纳迪尔越来越忙于他的新事务。他晚上经常很晚回家。到后来，他索性让我一个人搭车去米迪亚。我跟法蒂玛和女儿待了整整三天。我把发生在那边的新闻讲给纳迪尔听；把标志着宝宝重大变化的照片洗出来给他看。

可是最后的毕业考试快到了。我努力学习。几乎每天都打电话,想从法蒂玛口中得知宝宝的消息。梅里姆夜里会哭。

"没什么要紧的!"我婆婆向我保证。"她开始长牙而已……"

纳迪尔几乎不怎么听,把他女儿的照片凌乱地摊在办公桌上。

考试一结束,我就迫不及待地出发去米迪亚。纳迪尔陪我去的,但他只待星期天一天。我呢,压根没有定下回去的日期:这样的日子真是好极了;梅里姆现在十个月大,我可以天天陪她活动玩耍。她很快就会走了!

虽然很黏法蒂玛,梅里姆还是有她自己的习惯;有时,她会一直爬到我床上来。我就把她留在我房间里:时间静止不动了。我忘了阿尔及尔。也很少打电话给纳迪尔。我在等秋季开学一个教师的职位。

一天早晨,梅里姆迈出了她的第一步,摇摇晃晃地,摔倒了。法蒂玛和我轮流鼓励她。她不哭,重新开始:她走得踉踉跄跄,但是在前进;而且我就在那儿,哦真主啊,神的使者,就像桃丝有时说的那样(这是她说的仅有的阿拉伯单词,祈祷的词语,过去她遇到麻烦的时候会随口说出来)。我在那儿,我在场,欣赏我的女儿。她蹒跚地走着，但完全是靠自己：她会自由的，完全自由，有一天，像帕尔马的桃丝一样！

我给纳迪尔发了封电报。向他描述了情况。"别忘了给梅里姆注册托儿所！"

我对此很坚持。

五

我回到了阿尔及尔，还是没带上女儿。我需要时间等托儿所有空缺，否则，就需要一名值得信赖的女人待在公寓里照看孩子，在我去教书的时间里。

每天早晨，我都要打电话给法蒂玛。秋天来了；我开始去学校上课。纳迪尔，我几乎见不到他。他越来越频繁地晚归……"渐渐地，"我告诉自己，"丈夫们重新过起了单身汉的生活：他们和男性朋友一起出去，喝酒，争论；只在男人之间，像他们的兄弟那样，像他们的前辈一样！"

我并不赞成这样；但我不愿挑起争执。似乎我想念的其实是梅里姆！

突然地，几天或一个月、两个月之后，第一场冲突爆发了，我们俩最激烈的争吵：那是一个星期五，我记得日子，因为，从附近一所清真寺的塔尖,穆安津①——不是用他过去那纯净平和的声音,而是用歌唱的方式,被扩音器放大后,听着像鼻音——呼唤信众去参加当天中午神圣的祈祷……这个星期五还不是节日,后来它成了节日,可到那时我已经不在这个城市了!

是的,在我们之间,爆发了激烈的争吵:作为对第二年夫妻生活的总结,还有什么比这更平常的呢?

一切的冲动,争辩,双方的固执,都无关紧要。几个月以后,关于这场冲突我记得的只有两三句:

"我几乎见不到你,你在这里好像成了一个过客! ……至少,要是梅里姆,跟我们一起住那还好些!"

"别把梅里姆扯进来,她跟我母亲在一起好得很!"纳迪尔反驳说。

"不,我要去找她。我决定了! 你和我,我们,我们应该对孩子负责!"

"你别把梅里姆扯进来!"我丈夫很严肃地重复道。

我于是大叫起来,拼命跺脚。我错过了什么吗,我该拒绝的,我的母亲身份被奇怪地转移给另一个人,祖母逐渐取代生母,自己

---

① 穆安津:伊斯兰教职称谓,即清真寺每天按时呼唤穆斯林做礼拜的人。

当起了母亲。而我反倒应该感谢她？再说，我心想，就算法蒂玛能够代替我这个母亲，那父亲呢，他又在哪里，在孩子当前的意识里他的形象是怎样的？

我们之间的争吵，一旦重新开始，就变得更激烈，更失去控制。我是愤怒，还是受伤？我不知道。只是，我总觉得，法蒂玛，虽然我看不见她，但她就躲在什么地方，在我们夫妻的房间里某个角落，冷冷地，计算我们俩的争斗输赢。像看拳击比赛。自然了，她等着看她心爱的儿子将我杀得片甲不留……或许吧！

从那时起，任何理由都能造成同样的场景反复上演，我，当然的，放弃对女儿的抚养，让我越来越心痛，纳迪尔甩手不管了，而我，游荡在屋外，任风将我的眼泪吹干，在阿尔及尔高低不平的街道上。

六

一天，过了几周提心吊胆的日子后，我想要安静。我想要我的女儿。咬紧牙关，我收拾了一个小箱子。给纳迪尔留了几句话：

"圣诞节假期到了。我去米迪亚。昨天，我告诉你想带梅里姆去帕尔马，我母亲那儿，你竟敢回答：'想带我的女儿走，你得有她父亲的许可！我不会给你许可的，至少现在不会！'这太过分了!"

我在信上签了字,把它放在他乱糟糟的书桌上。

同一天我抵达法蒂玛家。关于这几周来的争吵,我什么也没对我婆婆讲。

接连两天,我都把梅里姆留在身边,在我床上,果园里,厨房里,我来的时候,她几乎不认得我了。是啊!

第三天,我对法蒂玛说我要带梅里姆去散步,到城里的公园,然后一起去买东西。

我的行李箱在卧室里很显眼的地方。梅里姆穿上大衣,因为天很冷。我实行了我的计划。在城里的广场上,我拦了辆出租车。我带了所有的现金;我还紧紧攥着我和女儿所有的证件。

去阿尔及尔要开四个小时。我只叫司机不要进城:

"直接去机场!"我明确指示。

我父亲——我对他几乎没有印象——是法国人;桃丝,尽管住在国外,也是法国人。梅里姆出生的时候,我刚巧有一个想法,把她登记在我的法国护照上,我当时想再也不会用到了……在飞往马赛的飞机上,起飞后,我才想到了那一头,法蒂玛的等待,她的焦虑。

从马赛,我们乘船前往帕尔马。桃丝来接我们俩,眼里满是笑意，但什么问题都没问。

"没有行李的旅客!"我苦涩地说。

在米迪亚，法蒂玛见不到我女儿一定很伤心。她不会责怪我的，我能感觉到！我不禁想起阿比亚……怎么了，阿比亚，这个我素不相识的女人，她对我毫无意义啊！

那么，为什么，从那么遥远的地方，她会来烦扰我的生活？

二〇〇一年九月至十月

今 天

房间里的阿尔及尔女人

——致萨奇娜，我的妹妹

一

年轻女人的头，眼睛被布蒙着，脖子向后仰，头发被拉扯着——狭小房间里的烟雾让人看不清头发的颜色——淡褐色，更像是红褐色，是萨拉吗？ 不，不是黑色的……皮肤仿佛透明的一般，一颗汗珠挂在鬓角……它马上就要滴落。那样的鼻子线条，下嘴唇轮廓呈鲜艳的玫红色：我认得，我认出来了！轮廓突然开始摇摆：向右，再向左。缓缓地摆动，只是没有保姆哼着摇篮曲的声音，小时候我们躺在又高又暗的儿童床里，这能让我们温暖。轮廓向右、向左地晃动，不是因为些微的痛苦而哭泣，那滴汗水变成了一颗眼泪，第二颗眼泪。烟雾盘旋着上升。蒙着布条的脸的左半边（白色的布条，不是黑的，她没有被判刑，应该是她自己绑上去的，她要把它摘掉，在我面前噗嗤一声笑出来，神采飞扬，她……），左半边脸完全沉浸在寂静中，中断的声音，喉咙发出的呃逆声，脸的另一边，石像的侧面，远处的雕像要往后漂浮，一直往后。中断的声音……萨拉……呼唤她，在呼唤中颤抖，因为预见到了牺牲，怎样的牺牲……

终于，昏暗房间里的声音传来：光着上身的男人们，嘴上戴着护士口罩（不，不是"我的"护士：他们身强力壮，沉着冷静……），他们进进出出的，我数不清楚。总算听到了声响，休息得够久的：乡村就在那儿，在旁边，透过敞开的天窗，能看见村庄。一只山羊在叫，跟着，整个鸡棚都奏响了乐声……没有鸟儿，远远的，孩子们在哭闹，声调却是欢快的，有一个高高的喷泉，其实是一股泉水，水溅到刚长出来的青草上……不远处，护士长在摆弄着什么，他发动了一台马达，可是喷泉的水喷涌而出把它淹没了，只有山羊还在对着天空咩咩叫，依然没有孩子在唱歌或哭泣……

年轻女子的口罩静静地落在旁边，也许没有脖子，总算从侧面能看见桌子，吊着的瓶子，许多管子，是厨房的器材吗？……"我的"桌子，"我的"厅，不，不是我在操作，因为我不在那儿，在里面，我同样被围住，我在看，但我不跟他们在一起，萨拉能否醒过来，麻醉，手术的开始或结尾，附近的村庄没有女人或孩子的声音，远处没有呼唤，只有山羊，一只白色的山羊伸着脖子，天窗开得更大了，天空一片净白，像画出来的一样，一片崭新的天空，也是沉默的，在护士们，不，是技师，在他们头顶延伸开来，将令他们消失的天空。不远处又有孩子哭起来，也许是萨拉，被蒙住的眼睛，凹陷下去……马达在危险地转动，那是"电击机"……

阿里从床上跳起来。

阳光洒进卧室，阳台对着城市的一角，偏向码头上停泊的船。船只安安静静地停靠在那儿。

萨拉，在厨房里忙碌，用烤面包机烤面包。阿里，靠在对着阳台的窗边站了一会儿，慢慢有些清醒。对着早晨的霞光眯了眯眼，他返回屋内，走向浴室。"水，"他想，"我需要冷水！"他要洗个冷水澡才能从睡眠中彻底醒过来。

电话响了。萨拉跑到走廊。

她侧过身，注意听了听：牛奶在火上，别烧糊了。

"是我！"安娜说道，"你能来吗？ 我不大好……（她停了一下；萨拉轻轻喂了一声）……一点都不好。"孤独的声音又远远地响起。

萨拉回到厨房，放下正在准备的早餐，到阿里现在拿来做健身的房间里穿上鞋,拿上汽车钥匙。

"纳吉姆呢,还在外地?(身后传来男人的咕哝声)。这里可能需要他呢,现在……"

门被风砰地关上。萨拉开着车穿行在狭窄的街道上,路一会儿高一会儿低,越来越绕,像梦里滑脚的楼梯。街道散发着臭味。萨拉猛然想起:"清道工罢工已经三天了。"一路上,她一直在想一件苦恼的事:

"只是阿里这样呢,还是他们全都这样?……别人跟我说话的时候,他们的话好像是散乱的,在传到我这里以前都是飘忽不定的!……我说话时也是这样吗,如果我说的话?我的声音他们听不见。它在我心里。"

然而安娜,在电话里:她的声音一开始就带着一股焦虑,似乎连话机都受到震动。

停好车,萨拉打开一道走廊的门,地上铺着马赛克。两天来,安娜就把自己关在这栋旧楼里。

在贴着暗绿色大理石的浴室里,萨拉的动作简洁,迅速:把水龙头开大,让安娜坐在浴缸上慢慢吐。萨拉带来了必须的用品:水壶,拖把,清洁海绵;这么多的污损要修补。

在洗手槽上方的镜子里,她看见自己:站在这有着一头长发的法国女人身后。萨拉帮她挽起黑色的长发。安娜弯下腰,用水清洗两颊，前额，整张脸。控制不住又断断续续地呻吟了几声。萨拉站在那儿把她的头发编成辫子，一只手举着一瓶古龙香水，打开，倒了一些在她朋友的颈背上，然后退后。她也洗了把脸。好容易盖住了呕吐的气味……她顾不上听安娜嘟囔道：

"对不起，真的……对不起！"

安娜像个过客，就睡在这间低矮的大房间里，光线阴暗，萨拉整理了垫子，将靠垫摆放好，草席抖干净……

"跟外科医生一起住还是有些用处的。在过去我就喊救命了，多傻。一下子吃了太多药：把它们吐出来，就这么简单！"

安娜走来走去，在空荡荡的房间里来回转圈。安娜在一个角落里坐下，直接坐在地砖上。石头能够去除味道：病人的味道，绝望的味道。

"一下子沮丧到极点！……"安娜冷笑道，"一出真正的闹剧：一个被抛弃的成熟女人的慌乱，自杀未遂！……只有一个未知数：为什么大老远地跑到这儿来，干这个？"

她用手臂在整理好的靠垫和坐垫上比划着。

"我昨天本该告诉你，当你在码头等我的时候（她叹息着……恢复温柔）：萨拉，我来这里是为了自杀的！"

萨拉蹲在最暗、最远的角落里，忽然希望自己消失在黑暗中。

"黎明时我懂了，昨天，我走到甲板上：船快到了。大家都在看这座白色的城市，仿佛弯到水里的拱廊，伸出来的露台。我呢，面对期待已久的景象，我甚至没有发现自己哭了，当我意识到的时候，只想到这么一句话，尽管四周一片喧哗：'安拉啊，我来这里是为了死去的！'在我看来：这个城市，好像是我出生的地方，被我遗忘，尽管昨天的报纸对它有大篇报道，我回到这里是为了结束……"

安娜接着开始讲发生的事，按照先后顺序，很有条理。"她的"故事；丈夫，三个孩子，十五年国外的生活被概括在一个小时的话语中：平淡吗？ 的确平淡。

终于，萨拉站起来，膝盖都僵了，走到窗户前，做了一件她从一开始就想做的事：利索地拉开那道巨大的红色条纹的布窗帘。

"不！"另一个女人大叫起来，眼睛都睁不开。

萨拉转过头：只见安娜，辫子搭在肩上，一直退到最远处的白色墙壁，两手使劲捂住眼睛像是恨不得将它们用绷带绑起来，手肘一直在颤抖。稍后，过了片刻：

"我受不了光线！"她呜咽道。

萨拉，重新坐在地上，搂住她，轻轻地摇着，而她则继续在疲惫不堪中崩溃，重愈。

插　曲

在这个布满小别墅的住宅区，房子已经不很白了，隔壁房子的

"hazab",有十个女儿。"hazab",就是清真寺里的《古兰经》诵读者。这并不妨碍他保持手工业者的身份,在祈祷的间隙到他的修鞋摊去,那是伊斯兰法庭的文人们聚会的地方。他是位老先生,穿着白长袍,长袍每天换,罩在他干瘦的身体上,庄严地摆动。他现在的一举一动都受到四邻的热切关注。

三十多年前,在一九四五年五月八日骚乱期间,他被判处死刑,因为他试图用炸弹炸毁一个海滨小城的军火库。三年后获得特赦,结了婚,来到首都居住,生了四个女儿,接着在"巴伯路斯"监狱待了五年(从阿尔及尔"事件"一开始,一旦怀疑有地下活动,他便首当其冲,顺理成章地被逮捕了)。

他妻子艰难地抚养他的第一批孩子,还要为每星期如何装满送去监狱的篮子发愁。在"独立后的第二天"(许多正式记述仍然以这个演说式的词组开头)她又恢复了生育的节奏。四十岁那年,她第十二次怀孕,在经历了一次流产之后,安拉,真主保佑,总算赐给她一个梦寐以求的男婴。

诵经人的继承人刚满六岁。接下来的几天,大家要为他举行割礼,这是全家第一次举办的节日。

"独立前"生的三个女儿(第四个女儿,最不起眼的那个,刚刚跟一个银行职员订婚)都有些麻烦。老大,二十四岁,从少年时期开始就练柔道,出门时只肯穿长裤(这可能是长期以来始终无人认真向她求婚的唯一解释)。老二呢,二十二岁,在大学里拿了一个自然科学的学位(她父亲在散步的时候总想弄明白自然科学与女人的脑袋瓜之间的关联,不过从来不敢提;随着年纪增长,他在女儿面前变得害羞起来,却又不得不隐藏这种害羞,这让他很是煎熬)。老三,索尼娅,二十岁——是这个小插曲的叙述人——她所有的乐趣就在于田径训练。她最近刚刚决定当一名体育教师。"只活在体育场上!"她热烈地补充道。

这天早晨,萨拉走进诵经人的家,在小院子里花了很长时间平静地说出一大串客套话,母亲,坐着,叉开两腿坐在火盆前,烤着青椒和番茄,两个女儿光着脚踩在水里,轻声笑着在打闹。索尼娅,不巧,还在训练;萨拉让她从体育场回来就去陪伴安娜。

在门口,客人遇到了诵经人。她吻了吻他的右肩。后者与她倾谈了片刻,为四处散落的垃圾道歉;他向她表示自己已经争取到邻居的支持,他们今后会把垃圾筒盖上的。萨拉听他说完后,回到停在胡同里的汽车上,诵经人关切地目送她,孩子们也伫立在门槛上看她。

两个小时后,年轻的索尼娅来到安娜家。果园是女孩们聚会的地方,经果园穿过一道栅栏门就来到安娜所在的大楼,从她住的单间套房可以俯视周围人家的露台。索尼娅衣着单薄,她轻轻把脚套进拖鞋。安娜为她开门时,不禁被她的美丽微微一震,这是一位纤细苗条、肤色呈漂亮的褐色——一种黄褐色——的年轻姑娘。

"我就是你们说的那个邻居！"索尼娅说。

她也不客气，自己泡起了茶，回到果园里采了一小束茉莉花放进糖罐，然后说她希望大家能够更深入地了解彼此。

在跟这法国女人相处的时间里，她又变成了家庭编年史的作者。

二

"只有一个囊肿要摘除，您父亲二十分钟后就可以出来了。"秘书小姐肯定地说。她的妆容精致得无可挑剔，手里拿着眼镜。

透过门上的玻璃，纳西姆从一台悬挂在手术台上的内部电视的屏幕上看了一会儿阿里的操作。

手术室显得很狭小。纳西姆看见一动不动的麻醉师，面无表情地，待在角落。另一位助理站在一堆瓶子和管子后边，它们连着一台巨大的氧气机。

封闭的室内光线半明半暗，看上去像一出不现实的悲剧。阿里戴着口罩的脸又重新出现在电视屏幕上……

纳西姆转过身，正好碰上秘书小姐。

"到他办公室等他吧！"她建议道，"保温瓶里还有咖啡呢！"

她目送少年消失在走廊尽头。

他没乘电梯，穿过一个拥挤的等候大厅，大厅连着两个助理们待的小厅。一位年老的农村妇女突然用柏柏尔语粗鲁地骂他。纳西姆停下脚步。只见她半包着脸，丰满的身上穿一条火红的长裙，她抗议着什么，手指着胸前围巾的凹陷处，一个昏昏沉沉的婴儿。

年轻人做出无能为力的手势，转身去找一个会说双语的护士。老妇人又和阿伊莎，那位秘书小姐，说了起来，阿伊莎也用同一种粗俗的语言回答她。纳西姆松了口气，离开了她们。

办公室里有冷气，褐色的柚木家具发着亮光，他打开另一台内部电视：屏幕上，外科医生的手术快结束了，他向助手做了一两个简单的命令手势，而他的眼睛，像城里包头巾的女人露出的双眼，呆呆地出现在镜头特写里，许久。

少年拿了一张白纸，一支笔，怒气冲冲地开始写，从右写到左，在整张纸上，用阿拉伯文歪歪扭扭地写了几行字。

他走了出去，这时他父亲的脸也从屏幕上消失，取而代之的是一片刺眼的空白。

阿里只在口头上使用阿拉伯语：这些年来，任职于这家普通外科，全国最先进的外科之一，他没有时间进修母语。

他打电话给就在旁边的细胞科，找芭伊雅，一个和他来自同一个村子的化验员。

"奥雷斯山①的女儿，"他对她说，语气里带着一丝勉强的抱怨，"我又需要你的翻译服务了，这次是关于家庭文学的。"

她很快就来了。用专注的声音——声如其人，总是那么直爽而精神饱满——她念道：

"您说过，您曾经唾弃逆来顺受的父亲，去'点燃革命的火焰'……"（"阿拉伯语总是富于比喻"，她评论道，好像在道歉似的。）

"就这些？"阿里打断她。

"等等，他接着写道：'今天，儿子不再为了去冒险而唾弃他们的父亲……我走了，不知去哪里……如果我将来回来了，那是为了亲吻萨拉的手。'"

沉默。

"念完了。"芭伊雅说完开始摆弄她白罩衣上的纽扣。

"我们太溺爱他了，我说过几百次了，我们给了他太多自由！"阿里咕噜着站起身来。

他个头一向高大，可现在体重更增加了。站在窗前，他宽大的

---

① 奥雷斯山：阿尔及利亚东北部阿特拉斯山脉的一部分。

背部挡住了港口的景色。至少有四十几艘船，一动不动，多日来一直等待着能进入一个不那么拥挤的停泊港，现在它们看上去就像芭蕾舞剧里那些摇摇欲坠的人物，停留在天空与水面之间。它们动弹不得，从露天咖啡座望出去，变得几乎不真实了……突然，阿里想到了自由：这个词让室外的光线忽然闪现出一个空洞。他不禁打了个寒战。他转过身，表情恢复冷酷。

"你给萨拉打电话吧！"他犹豫了一下，"随你便，把消息告诉她，或者让她过来……我回手术室了：有一个肝脏手术，至少需要三个小时！"

他走了出去，手里端着一杯咖啡：阿伊莎在门外盯着里边的年轻女子，好像面对的是一个擅入者。

"他很担心，"芭伊雅皱起眉头嗫嚅道，"青少年的离家出走……十五岁，也算正常！"

她经常觉得自己跟纳西姆很亲近。对她来说，他就是一个爱开玩笑的表兄。她甚至，在她上次生日的时候，教他跳了一两支现代舞。

芭伊雅慢慢地回到细胞科，感谢同事在她出去的时候帮她照看细菌培养试管。有一家人全家从南部赶来，今天在焦急地等待染色体的判决：他们的孩子，之前一直被他们当女儿来养的，可现在似乎对其性别产生了怀疑。芭伊雅赶紧着手进行数据的更新，中午之前她"老板"一定要看的。

医院外，纳西姆从一段楼梯栏杆上滑下来，想找一个认识的人，大声宣读他之前准备的针对他父亲的演说：

"他在游击队的五年，他是怎么告诉我的？……说他是如何在克里姆林宫的官方舞会跳第一支舞的，那是接近六十年代的时候（他们五个人是"费拉加①学员"中最早被游击队和"兄弟国"送去苏联的）……关于游击队的生活，唯一一个'悲惨的'细节是：冬天躲在山洞里，他们就以消灭虱子为乐！一位曾经历过这段光辉岁月的战友有一天甚至当着我的面补充起了细节，他那天酒喝了不少：'我们灭了那么多虱子，都成专家了，虱子在被我们指甲碾碎之前，发出一种冲锋枪那样的声音呢'"……萨拉那时对我说（除了继母身份，她还是一个好斗的游戏玩伴）："你为什么怪他回忆得太简单呢！难道让阿里和许许多多的父亲一样，编织一个英雄式的光荣故事给你听，你就更喜欢了吗？"

纳西姆继续他的演讲，仿佛已将讲稿熟记于心。他也不看路，就这样一路说着，情绪激昂，一直走到空无一人的旧港，昔日"阿

---

① 费拉加：阿尔及利亚或突尼斯反抗法国殖民统治、争取国家独立的游击队。

尔及尔之王"的港湾……他在栏杆上坐下。一个穿欧洲服饰的醉汉,忽然上前来和他搭话,这人头上扎着头巾,布满皱纹的脸看起来像从前的海盗,沉迷于抢劫和武力。纳西姆拒绝跟他一起喝酒:啤酒总是令他恶心。那人于是倒头便睡下了。年轻人看见一溜渔民的老房子密密麻麻地挤在一串拱门下,在一条闹哄哄的街道下面:离乡背井的农民们现在住在这儿,好像住在地道里。这或许是城里唯一一个地方,人们会让女儿和妻子坐在门外,像吉卜赛女人般优雅地互相梳理长发。远处,有几个女人开始笑话年轻人和在他脚下蜷成一团的醉汉,通红的脸上还顶着头巾。

"再也不回医院去了……"纳西姆想,接着一阵倦意袭来,他面朝着阶梯式的斜坡,城市的喧嚣散落在清晨的薄雾中。

医院里,身边围绕着助手,阿里在做准备工作。"最棘手的手术……要打开一个巨大的肝脏……这位著名的民族主义者恐怕很难挺得过去……"

病人的三个儿子,政府高官,出于担忧,更多的是由于身份显赫,都显得僵硬刻板,等在医生办公室里。第四个儿子,一位衣着光鲜的工业新贵,稍后也来了,阿伊莎默默地为他们倒上咖啡。

阿里在另一间手术室里做手术:房间比较小,是由一个角落隔出来的三角形。在进入手术室之前的片刻,戴着口罩和手套,他犹豫了一秒钟:就在那一刻,记忆涌上心头,思绪将他带回几天前的夜晚。

高温天。开着那辆旧标致车让萨拉益发筋疲力尽。

在音乐研究所的录音室,她脱下外套,卷起衬衫的袖子。她捋了捋头发,手从额头滑到颈部,缓缓地按摩了几下:身体长时间以来的第一次放松……她努力克制回忆泛滥——怎样的夜晚,怎样的快乐? 她强迫自己计算着如何才能把这失去的两小时补回来。

她坐在那儿,摆弄那台平常用的录音机,准备耳机,从盒子里取出一卷磁带。伊尔玛,录音室的音效主管工程师,开始滔滔不绝地讲述她和丈夫以及三个儿子最近度过的一个穆斯林周末,在内陆一个保守的小城市。

"如今法律被严格执行:哪儿都没人养猪了。我们一直走到半路上停下,才看到平原上一家自主经营的那么可爱的农场,养了一百多只! 我们买的猪肉应该是加工过的野猪肉……森林里有那么多野猪,因为现在佃农放弃了很多山麓里的花园……他们甚至还出口冰冻野猪……"

萨拉出于礼貌,摘下耳机放到肩膀上。利用她的片刻安静又把它们戴上耳朵。她用手势表示道歉,重新开始研究特莱姆森[①]的

---

① 特莱姆森:阿尔及利亚的西北部重镇,临近摩洛哥。

"阿舞菲"，旧时女性唱的歌曲。

录音机旁，她放了两张不同颜色的纸。玫瑰色的纸上，她心绪不宁地写下这些天以来一直萦绕脑海的事，在步行或驾车经过的街道上，似乎并没有乐曲相伴：

"如何用音乐表达整个城市"

纪录片项目

用同样的大号字体，在白色纸上，她补充道：

"关于阿尔及尔街道的纪录片"

时间：待定，用阿舞菲

她在最后一个词上犹豫了；她想起人们把这些城市女子唱的歌称为"秋千之歌"，但是从前年轻姑娘们在露台上玩的游戏不是早就结束了吗？

她打开录音机。两名女子哼着歌曲，几乎没有伴奏，有时对歌词不大确定，仿佛她们的记忆，有些时候，衰弱了。萨拉此时认出了旋律：在她童年时，她的阿姨们，表姐妹们，家务做到一半，会突然在天井里拍起手来。她们唱起同样的歌曲，天真地坚持一个人站起身的时候，要用髋部动作表现出缓慢而优雅的节奏感……萨拉随着音乐，开始翻译：

"对我家和楼上的房间说声问候……"

萨拉把磁带暂停一分钟，寻找与阿拉伯惯用语的对应表达

("ghorfa",仅仅表示楼上的房间吗?)),机器又开始走:

哦敌人的敌人

哦你呀,姑娘们的爱人……

……

姑娘们经过时见你正在晚餐……

萨拉抄录得比阿拉伯歌词播放的慢;有时,其中一位歌手,在想歌词的时候,微微地笑起来:

葡萄藤结满葡萄,溪流里鱼儿成群……

翻山越岭的你呀,

但愿问候到达你的身边

但愿问候到达你的身边,哦我的哥哥,母亲的儿子……

歌继续唱着。萨拉停止了抄录:歌手们的声音——一位调查者参与研究,想找出这是他的母亲还是姐姐在某年某日录制的——用破碎的歌词演绎出思乡的愁情。萨拉似乎笨拙地跟着走上了忧愁的道路。歌声中充满了一种温柔,像遗忘的睡莲一般缓缓升起。从前,在坐井观天的内院里,只能希望从阳台上与爱人相识,一个奇迹……

萨拉猛地倒带,从同一首歌的开头重新开始听,手里握着秒表。她要计算第一节的准确长度。

伊尔玛,额头上系着黑色发带,安静地站在那儿,专心致志地给档案归类;一些档案上只有阿拉伯文。她把它们放在一边:是关于沙漠中一个绿洲的妇女葬礼歌曲的;具体是哪一首,用的是哪种打击乐器呢?她得确认记录的是演唱者的名字还是用的匿名。

等会儿萨拉休息的时候,会愿意帮助她吗?伊尔玛默默地将文档拿给她看;萨拉笑了笑,答应了。

电话。医院的芭伊雅,读了纳西姆的留言。萨拉,已经把听筒慢慢放下,一动不动。

伊尔玛来了:她想这年轻女子是不是有什么苦恼。

"坏消息?"她问,她的德国口音由于发音过重,掩盖了语气中的关切。

萨拉强迫自己迈开步子,想先回到位子上,然后想了想,拿起伊尔玛给她的阿拉伯语文档;她把参考资料抄写下来:

"拉格瓦特①妇女的葬礼歌曲

X家举行的仪式……

———————

① 拉格瓦特:阿尔及利亚省名。

正月初二。

磁带编号……"

她没写编号：伊尔玛学过印度数字。

回到录音机前，萨拉重新戴上耳机。她在玫瑰色纸上写道：

"成串的孩子在阳台跳舞

胡思乱想的孩子

圆形的空间。"

她觉得这样的摘录像一首诗的开头。在面前的白色纸上，她开始抄录听到的另一首女性歌曲：

哦妈妈，我的女王……

我遇见一个帅小伙

我给他桃子吃

他对我说：哦，我的女王，我病了。

爱在家里蔓延……

连重唱在内，歌曲共记两分钟二十秒。她在刚才的纸上记下："总体偏慢——$2'20''$。"

"纳西姆搞砸了"，她终于对自己说，这句话就这么在音乐之外冒出来，她不禁自问，由于戴着耳机，她是不是刚巧说出声来了……

"奇怪！我们可以想象这样一个世界，妇女们——我想说'我们的妇女'们——不是隐形的，而是被变成了聋子。规定她们几岁开始遵守教规，几岁可以参加典礼，规定一切的礼仪：这是为了，就像我现在一样而且无法更改，给她们的耳朵安上庞大的耳机……她们于是谁也听不见，如果一名男子，无论是外地的还是本地的，试图让她听见他所说的话，她们就犯了一项损害声誉的罪行……她们只能听见自己的声音，就这样直到她们变老，不再生育子女。

她思绪缥渺，换了一卷磁带听，一个新的音乐领域，长笛独奏。

"青少年成长危机……"伊尔玛这么总结，她应该还说了好多话，可萨拉头也没抬。她注视着萨拉，像参加吊唁的人般神情尴尬，拿上翻译好的阿拉伯文档，沉重地走出了录音室。

手术室里，眼睛上绑着绷带，石像般的侧脸翻转过来。病人死在了手术台上。麻醉师又加倍努力了两分钟。氧气机轰轰作响。六七个白口罩沉默得出奇。戴手套的手做出不合实际的加速手势。尸体，无法挽回。阿里烦躁地命令缝合尸体。他率先离开。三个高官儿子还在等，工业家不耐烦地等了一个小时后已经走了。

"末期肝硬化，"阿里坦然解释道，在宣布死亡消息后……

"如果你们愿意说成'癌症扩散',免得你们信教的妻子过于震惊,那么请尽管这样说……这是你们的家事!……"

"谢谢,教授!"老大向他致谢,他做出让步显然是由于位高权重。他打量了两个弟弟一眼,没再说什么。

阿里离开医院。一名患者"死在手术台上",他知道如何忘掉它:他开了车,沿着西面陡峭的公路远离城市,稍后来到了画家家门前,这是他唯一的朋友。画家住在一座潮湿的别墅里,生活舒适,也就是说不缺酒喝。

硕大的花园破败不堪,支起了许多帐篷:屋主人穿着运动短裤现身,头发蓬乱;他对客人解释说:

"有十五个巴勒斯坦人要住到这里……他们在碳氢研究所当了两年实习生……研究所夏天关门了:领导们甚至没想过如何安置学生……他们到这儿来抗议。与其让他们去侮辱官员,我宁愿他们待在这里……海滩离这儿不远……"

对于画家而言,他更像个诗人(虽然他的画都卖给了生意场上的新贵,但他每天针砭时弊也招来了无数的敌意),民族独立战争只打了七年,可是至少还要持续七十年。他仍然是战争思想。也许巴勒斯坦人的友谊会最终取胜呢……

"祝什么?"

"祝你远离仇恨！"阿里冷笑着，走到屋里，坐在一张垫子上，周围全是各类母亲的画像，瘦骨嶙峋，如泣如诉，有一些的背景是蓝天，其他的则几乎是黑色的背景。

"仇恨！"画家吹了声口哨，端来了茶和威士忌，"我们从母亲的乳汁里吸取来的！……他们根本不明白：我们心理问题的根源不是殖民主义，而是女人绝望的肚子！……从在娘胎里，我们就已经被宣判了！"

"先给我弄点吃的吧！"阿里不禁抱怨。

"我今早去了那群疯子那儿，"一杯酒下肚，画家开始滔滔不绝，"我给他们画画。好像我要教他们点什么似的，就跟你一样，教授！"他嘲笑道……"可是从一间牢房到另一间，猜我发现了谁，被隔离的，关了四五天的，莱拉！……是的，伟大的莱拉，我的女神。就算她吸毒又怎样，我不在乎，她会对别人干坏事吗，那些和她关在一起的人？当然不会！……'你在这儿干什么？'我大喊。她看见我，哭了。我把门打开，让所有人大吃一惊，我当场把她带走了！我诅咒那些心理分析家，还有跟他们一伙的人……当他们来到这个破烂国家，关于你，我，莱拉，他们懂什么？……她忧郁，她昏倒……又怎么样？二十岁被判死刑，从前坐过牢，现在还关着她？他们敢！……该死的，以科学的名义？……我把她带到这儿来了，我要征服她！"

思忖片刻,画家承认:

"既然你来了,老伙计,我就第一个告诉你吧,我决定娶她!……我是这里唯一一个拒绝以任何借口把女人关起来的男人……在我这儿,她绝对可以安全地飞翔……"他一口气吞下另一杯酒。

"你觉得她会答应吗,她?"阿里反问道。

"你的怀疑伤害了我!"画家激动地嚷起来,歪斜着躺倒在刚刚开始的柔软的醉意里。

莱拉,醒来时,放了一张唱片:一位年老的犹太女歌手,让她回想起童年,她叔叔,一个伽士巴①区的小商店老板,每次家庭庆典都会请她来。

"我的朋友现在怎样,他曾经和我在一起?……"梅里姆·菲凯唱道,她忧伤的嗓音安慰了旧时多少在庭院内默默哀伤的妇女。

躺在床上,不停地听着同一张唱片,莱拉又回想起她噩梦中的画面:戴着白色或黑色头巾的女人,脸露在外面,看着她,她们默默地哭泣,好像隔着面玻璃。莱拉想,她全身疼痛,她们,这些消失的阿姨和婆婆,她们是为了她哭,为了她支离破碎的记忆而哭。

---

① 伽士巴:阿尔及尔一老城区名。

"永远地离开这城市!"女神呻吟道。"赐给我一个新生婴儿吧,让我的乳房胀满乳汁,我便能离去,光着脚,在路上……一直到……一直到拉拉·科地嘉山①!"

萨拉,完成手头的工作,信步走到外面,绕着"骏马广场"转圈(布卓将军已经下台,他的马却还沉浸在昨日的欢腾之中):一些闲逛的人与她擦身而过,还有几个孩子在玩脏兮兮的游戏。那边一串家庭主妇等在拥挤的公交车站。更低一些的地方,在树木的掩映下,港口的船桅杆纵横交错。

萨拉特别注意到其中一户人家,离市剧院不远,在一条拱形的街道旁。陈旧的阳台,是唯一没有窗帘并开着门的人家。每一天在同一时间,下午六点左右,一个女人会出现,她穿着长裙,裙子上印着鲜艳的橘黄色花朵,把一个四五岁的孩子举到半空。她的手臂做出舞蹈动作,这几天来都是同样的动作。她旋转了一次,两次后,就一动不动,像悬挂在那儿似的,远远的,半斜着身子,身下是喧嚣的广场。

接连三天,在研究纪录片的影像与声音之余,萨拉总要观赏一番这样的舞蹈,然后才去取她的老爷车。她行驶在一片嘈杂中,脑

---

① 拉拉·科地嘉山:阿尔及利亚一座山名,海拔2308米。

子里始终忘不了那陌生女子：她是被关在屋里，通过这种没来由的欢快舞蹈来报复……抑或是孩子需要空间，自由？

在车上，萨拉想到高楼的房间里成堆的孩子，层层叠叠的阳台，关上的百叶窗环绕着前面的街道。她想到被幽禁的女人，甚至不是在天井里，只有厨房，她们坐在地上，被囚禁的生活压得粉碎……太经常发生的停水，孩子的尿味，哭喊，唉声叹气……没有露台，没有细弱水流上方的一片天空，甚至没有旧马赛克带来的令人快慰的清凉……

城里仅有的自由妇女在拂晓时分，穿着白衣结队而出，去办公楼打扫卫生，镶着玻璃的办公室里，来办公的大大小小官员稍后会到。她们在楼梯上噗嗤一声笑起来，气质优雅地整理随身带的水壶，慢慢将头发往上梳成重重叠叠的样式，相互交换每层楼主管的笑话，这些主管，有些出于优越感向她们表示关心，询问她们孩子的学习情况，有些就不说话，因为男人不该和女人说话，不论她们出外工作还是，像他们的妻子一样，只是件摆设……城市的自由妇女重新回到家里，面对茶几上的咖啡发呆，想象着大儿子很快会长大，他，当然，也会成为楼层主管之一：她们终于可以关上门，到时就轮到她们监视年轻的姑娘，让她们得到保护，在墙壁的包围之中。

插　曲

果园里，四棵橙树和果实累累的柠檬树旁，诵经人的女儿们在跳舞。"老伙计"——人们这么称呼这位阿尔及尔最受欢迎的歌手，至少在不安分的青少年和背井离乡的知识分子中他最受欢迎——的歌声中有一些具有冲击力的爆发音：安达卢西亚的歌曲，别人唱来一成不变，他却赋予了它一种嘲讽的味道，半是讽刺，半是绝望。民歌被打断，回音直飘到露台上空。鲁特琴开始用一种缓慢的节奏为歌手伴奏；是"老伙计"自己——总是没有规律、反复无常地起变化——按自己的方式加快了速度。一个老年男子组成的合唱团痛苦地为他伴唱。

管弦乐队重新上场时，一群很年轻的小姑娘在柠檬树下站好队形，登场了。她们的髋部或丰满或瘦小，透过枝桠和果实，在半明半暗中若隐若现，人们拿来一支烛台摆在石板上。曲终。远处传来跳舞姑娘们交织在一起的笑声。

安娜坐在低矮的卧室门槛上，旁边是索尼娅的母亲和一个裹着头巾的老妇人，她们用彩色的亮片装饰糕点，杏仁做成鼓鼓的菱形。安娜坐在那儿，膝盖打开，伸着手臂，好像刚丢掉了什么重物，她听着少年们的惊叫或欢呼，尽管听不懂，仍试图辨别笑声中清澈的嗓音，还有话语里的喉部颤音。

一个十五岁上下的女孩突然跑来：她略显纤瘦的腿上罩着过于宽大的蓬腿裤，头上戴着父亲的土耳其帽，将她卷曲的头发遮住了半边。拿着棍子，加入纷乱的战斗：一个一家之主正在打他的四个老婆。花园尽头，游戏演变成了诲淫的手势，夹杂着叫喊声。

索尼娅的母亲，胖胖的，很开朗，两眼中间绘了图纹，她向芭伊雅转过头，后者刚从医院直接回家。她让芭伊雅向法国朋友转达，她很高兴招待她，并解释道：

"今晚，是我们小儿子行割礼的前夜——愿真主保佑他！为了保护他，也为了他将来的幸福，我们会在他手里放上散沫花。"

芭伊雅解释了一下这一民俗的回归：就是手心里的一个红色印子，不过在过去，她强调道，这可是一个重大仪式，手到手腕，脚到脚踝，整晚严严实实地糊在天堂的火红涂料里。

"这项民俗，就这样像果酱一样在家庭里被保存下来，好让我们……"索尼娅一边插话，一边解开头发。

"老伙计"又开始唱另一首歌，先由吉他和鲁特琴演奏序曲。前奏似乎把黑暗洒向四周。有人把一楼的房间灯关了，应该是某个表兄弟为了在黑暗中窥视跳舞的女孩。

"看来他们躲起来了！……"一个女孩开玩笑说。

"不害臊！"另一个女孩骂道，"我们安安静静地在这儿，离男人远远的！"

芭伊雅把安娜看作真正的外国人。安娜无意中提到她来自里昂，芭伊雅马上愉快地谈到她在里昂做过实习生，两三年前：就是在那儿，她作为本国的第一位女性，和三个男生一起，开始学习细胞学；莫诺教授，"诺贝尔奖获得者"，她刻意强调道，来实验室参观的时候当面给了她许多鼓励。

"我们给父母解释，在血细胞的四十六对染色体里面，最后的两个XX或XY决定性别。我们的研究室，是全国唯一的一间，可以检查染色体异常（她十分积极地进行解释，就像解释甜点的食谱一样）。在我们那里，我们仅仅通过外周血细胞来建立染色体组型，还不能通过骨髓提取物来建立……"

"今天遇到了什么异常？"索尼娅的姐姐问，就是练柔道的那位，她每次去芭伊雅那里参观时，都建议对父亲撒谎好叫他放心：再说，为什么她的最后一个染色体不是Y，而是X？

"只要改一个字母，"她夸张地长叹一口气，"那么一切，真的，我们的一切都会不同！"

"今天，"芭伊雅喃喃道，"是一个来自君士坦丁省的十二岁男孩……他不能走路，几乎站不住。他可怜的母亲，都崩溃了，再也藏不住这个可怕的秘密！……"

她们的母亲和裹头巾的老妇人上楼来，手里端着装糕点的托盘。一楼的灯重新点亮时，泡茶用的薄荷味道飘散四周。

"我今天的异常，"芭伊雅接着说，她把手指伸进乌黑的头发里，慢慢地拉着，"他嘛，他有一个硕大的生殖器……真的！有大象的那么大！"

"灯光把蚊子招来了，"远处传来两三个跳舞女孩的声音。

"老伙计"就着唱片伴奏，又开始唱，带着鼻音，这是第三次，他唱的这一段，没有按照传统进行转调，而是完全合不上拍子，听上去很可笑：

"我对她说：我的爱人，我已习惯有你，梅里姆，你的眼神满载承诺，让我幸福地重生！"

"喝过茶，"母亲说，她刚在安娜和芭伊雅旁边摆上茶几，"你就可以看见我儿子，他穿着无袖长衣：漂亮得像个天使，我唯一的儿子哟！"

芭伊雅进行了翻译，又解释说只有在午夜时分，散沫花涂料才会在手心里软化。

索尼娅停止跳舞。她走上前来：肩膀裸露着，笑嘻嘻的，大口咬着一个西柚那么大的柠檬。她递给安娜一个，安娜拒绝了。

"老伙计"依然在鲁特琴伴奏下唱着哀怨的民歌。楼上，诵经人一面听着，一面试图入睡。每天夜里，尽管有乐声和甜点的气味，他总感觉在自己家不是那么自在……他把不自在归咎于最近发生的令人失望的事：由医生为他儿子行割礼而不是由过去的祭司，祭司通常是本村人，或附近一带的人，有最快的刀。这些从前的操刀能手，在某些夏天，简直忙得晕头转向：一个下午要给十个，十五个或者二十个男孩施割礼，在女人们刺耳的尖叫声中，切下的包皮被投进装满茉莉花的毛巾里。一去不复返的节日！诵经人叹了口气。

这天夜里，萨拉谢绝了朋友们的邀请。在黑暗中躺在阿里身边，她想象他们的卧室像一间寺庙，幽深空旷。"我怎么能跟她们待在一起，当我的孩子……他现在睡在哪儿呢？"

她想起一种摩尔人的浴池，农民们的脑袋挤作一团，在屋檐底下……或者也许是一幢大楼的地窖一角。他们谈论年轻姑娘，通常是女高中生，若被父亲怀疑在外谈情说爱，便离家出走。萨拉梦见一种叛逆青少年的神圣友谊和倾斜的街道，在她白天喜欢的街区，街道看上去像恐怖的长廊……纳西姆和他长长的瘦削侧影，他的目光变得呆滞，面部抽搐：食指在右耳廓后边摩擦着。他应该度过了一个谨慎而宁静的青少年时期。然而，最近六个月以来，他拒绝去上学，把自己的物品分送给别人；有时穿着破衣服四处闲逛。

"我第一次见到他时，他只有五岁，五岁零三个月；他的目光显得过于严肃，认真地看着我问：'你会爱我吗？'他一定是这么想的。十年以后，我仍无法拉近他们父子之间的距离……"

嫁给阿里的时候，她犹豫了很久：不是因为阿里是鳏夫，还带着一个孩子，不，是为了婚姻本身，说真的……经过在监狱里度过的青少年时期——怨声载道的牢房，满屋的女犯——她努力延长大学的时光。

"您干什么了？"阿里礼貌地问她，在医院的一条走廊上。

"我走了一整天，"她答道，"我在户外怎么走都不累，您知道吗？"

她回到床上，她丈夫身边：他深陷的双眼；没刮整齐的胡子和呼出的酒气，今晚，例外。

她嫁给了他。她继续白天的游荡；这构成了他们的画作，模糊的圆圈，那样即兴，无穷尽的光线里颤动的空间。可是从今后她还是回到了起点：这张双人床，这个男人的身体。

"从前看他这样睡着，会让我感动。可我总觉得他难以接近，就像捉摸不定的秘密。打了死结的睡眠。他的身体甚至没有哆嗦过。他死了也会是这样。晦暗，一个永远晦暗的男人。"

清晨，她一早就把百叶窗打开。在厨房里，她听着音乐。在阳光明媚的窗前做了几个简单的体操动作。她端着托盘回到卧室。阿里醒了。

"我给你带了早餐来！收音机里刚宣布说我们的城市要变干净了：路政局的翻斗铲车，我们等了这么久的庞然大物，已经运到了,尽管码头拥挤得厉害。扫路工从四点就开始干活了,总算!"

外边,倾斜的街道上流着干净的水。他们的大楼外,阿里和萨拉注意到隔壁一栋房屋的鸽笼传来的臭味已经消失。这一夜,轮到他们的花园散发香气了。一株开花的茉莉爬满了栅栏。

萨拉在医院附近和阿里分手。直到此刻她才发觉自打起床,她一直在一种几近欢快的情绪中说话。

三

公共浴池,在这个平民街区,对妇女每天开放,除了星期五——大清真寺祷告的日子——和星期一——因为孩子们不上学,母亲们带着他们吵吵闹闹的,浪费太多水。但是浴池老板,一个慈善而节俭的六十多岁的老妇人,并不打算提价,这样她也就用不着对浴池进行装修。这生意将来要交给独生儿子的,等他从欧洲回来……如果他回来的话。

除了工作上的紧急状况,最让老太太牵肠挂肚的就是希望有朝一日能找到一位欧洲媳妇。安娜和芭伊雅一起跟着索尼娅走进来,索尼娅是这儿的熟客,老太太犹疑而傲慢地打量着安娜。

安娜边脱衣服边决定穿着"两件套"的泳衣进去。芭伊雅和索尼娅裹着她们常用的缠腰布,上面花花绿绿的条纹,点亮了阴暗的浴室。

这个钟点人很少：大理石按摩石板的另一头有四五个女人。其中一个，看不清是谁，低声哼唱着一首悲伤的民歌。

安娜飞快地脱去黑色的紧身上衣，释放她的胸，她的乳房很重，经常压得她难受。索尼娅打开水龙头，把水开得大大的，冲洗两个小浴池，取出一堆大大小小的铜杯子。在朦胧的蒸汽中，芭伊雅油亮而白皙的皮肤令她显得更漂亮，她像母亲一般慈爱地将热水洒在安娜的头发上，散开的头发覆盖了安娜的整个背部。

"萨拉迟到了！"索尼娅注意到。

"她很少来浴室。"芭伊雅答道，她往安娜头皮上涂抹一种暗绿色的乳膏。

安娜在热气中昏昏欲睡，一面任她抹着，一面向四周张望。高大的尖拱屋顶上有一扇天窗：古老的穹隆，从前或许是一所修道院。在夜晚，谁会藏在那儿，伴着渗水的声响静静哭泣？……阴暗水世界的秘密。

石板另一端唱歌的女浴者，继续哼着她低沉的哀歌。

"她在唱什么？"安娜轻声问道。

"就是一个重复的词……她把呻吟哼出抑扬顿挫的曲调，"索尼娅听了片刻说道，"她这是即兴创作呢！"

"她其实是在自我安慰！"芭伊雅补充说，"许多妇女只有借沐浴的机会才能走出家门……我们等会儿在休息室可以见到她们。到时跟她们聊聊！"

那陌生女人仿佛猜到她们在谈论她的歌声，突然不唱了，嘶哑着嗓子，向打水女人要一个铁桶来。

"热水！……我要滚烫的水！……"

芭伊雅低声为安娜翻译，双手摩擦着胸部，这时法国女人突然什么都不再问，出神地望着她身边那些衰老的身体。女按摩者的手臂，她站在石板上，接着跪下，拦腰搂住一个女浴者，浴者的脸、肚子和乳房贴着石板，有浓密的浅红色头发，肩膀上流淌着散沫花汁的痕迹。

女按摩者的嘴唇微张，露出亮闪闪的金牙；长长的乳房垂下来，细小的血管贯穿整个乳房。过早苍老的农妇的脸，从天窗斜洒下来的光线，使它看上去像东方女巫的面具。她戴着银质的挂坠，每当她的肩膀和干瘪的手臂从昏昏欲睡的女浴者的颈后滑到腰部，挂坠就发出撞击的声音。黝黑、宁静，有节奏地工作，按摩者似乎自己也在放松。停下来喘气的时候，缓缓地将一壶热水浇在古铜色的裸背上，然而，在她心底，却发出暗哑的叹息。

就这样，家庭主妇们渐渐充斥了整个浴室，孩子睡着了，婴儿们牙牙儿语，有两个女人躺在石板上，俯视其他浴者，重新随着节拍哎嘀起来，做出奇怪的姿势，像缓慢而又平衡生长的树木，根茎一直延伸，汇入涓涓不息的水流，在灰色的石板上。

"真主安拉真是伟大，慷慨！"

"你今年去朝拜吧，大妈！"

赞许滔滔不绝地涌向按摩者，好几群人等着叫她。她呢，从石板上下来，庄重得像一位年迈的偶像，任人观看，裹布滑落下来，露出层层叠叠的肚子，布满斑点。

"从今往后只有最早到的才能去麦加朝圣！"她骄傲地宣布，"愿先知宽恕我，就算全身盖满金子，我也要去到他墓前！……只要能让我死后，告别这辈子的劳苦！"她低声抱怨着。

她一边跟芭伊雅和索尼娅说话，一边盯着安娜，安娜裸露着胸部，蜷缩着身体，努力想在这潮湿又布满回声的空间里找到一处安稳的驿站。通过她坐在过矮的脚凳上的姿势以及对于赤身裸体的介意，老妇人觉得她是个外国人，尽管她有黑色的头发，尤其是她略带疲惫的微笑，那么坦然，让她看上去像个城里人。

芭伊雅要求按摩。她问按摩者问题，把回答翻译给安娜听，安娜突然觉得胸口一阵气闷。"温度一下子太高了，你受不了！"索尼娅说着，把安娜推进休息室。

她们离开的时候，透过含有浓烈硫黄味道的雾气腾腾的蒸汽，安娜注意到在浴室另一端有两三个女人，先把孩子们支走了，在仔细地相互剃阴毛。

现在进入凉爽的第二间大厅，四周都是石头阶梯，供人们坐着休息。背靠有碎裂纹的墙壁……一个凹进去的阴暗角落，从浴室出来的妇女们一个接一个在此淋浴，悄悄地除去裹布，出于不愿流露的羞耻心。接着大家坐下来，个个面色红润，看着都略有相同，她们准备放松了：相互交谈或独自滔滔不绝，用词温和，琐碎，陈旧，随着水流潺潺而去，她们就这样卸下日间的重担，生活的疲乏。

萨拉终于来了，从腋下开始紧紧地包着裹布，直到大腿中部。手里拿着梳子，一杯喝的凉水，她安静地坐下，在一群人中间。她旁边，一个女人拿温水一点点地洒在浮肿的脚背上，头上涂满散沫花，目光停在远远的地方。她已然展开回忆的思绪。

萨拉不认识她。可是，当她去找安娜并提出帮她梳理湿漉漉的头发时，她听见了那眼神呆滞的陌生女人在说话；身后，是此起彼伏的喧哗。皮肤的毛孔一旦张开，冰冷石头的阴影也变得敞亮，她们开始低声交流彼此的烦恼。另一些女人，默不作声，隔着蒸汽相互打量着：她们长年累月被关在家中，只有洗澡时才能出门。

萨拉同时还关注始终在流淌的水，将夜晚变成流动的呢喃……推开一扇门：只是读出一个标点符号的时间，就听见桶被打翻的声音，笑或呻吟的回声，孩子们的尖叫，他们洗过澡后，母亲们将他们包裹起来，责骂他们，到这儿来还要背着这些人肉包袱，她们感到累极了，无法尽情地享受高温和忘却的围绕。

安娜让萨拉为她梳头。萨拉听着这沉闷的乐声和人们说的话。

"在一个社会党的村里，"陌生女人说道（她并且指明了消息来源：一份用本国语言发行的日报，她十岁的儿子每天读给她听的），"女人，农妇们，砸掉水龙头，就为了每天能去喷泉！……真无知！"

"自由！"芭伊雅反驳道，她刚从浴室出来……"他们是怎么给她们盖新房子的？每个女人都被关着……在村镇里是这样么？"

"在我身上，或我之外，要砸碎什么，才能找到其他人？找流淌着的、在歌唱的、消逝的水，渐渐地它也会将我们每一个人解放。"萨拉走神了。

安娜自己编辫子，尴尬地笑着，旁边一个女人怀里躺着的孩子突然伸手摸她裸露的胸。

"她养过几个孩子？"旁边的女人问萨拉，萨拉吓了一跳。

"三个！"她答，这次没有翻译，安娜觉得冷，起身重新走进蒸汽室。

芭伊雅想说话，不是对索尼娅，她太年轻，是想对萨拉说，萨拉能让她安心：这样才能彻底摆脱她的恐惧。从昨晚开始，关于那封芭伊雅在电话里读的纳西姆的信，她们没有对此交流过只字片语。萨拉总是魂不守舍,沉默安静。她是在为谁担心呢,芭伊雅想,为离家出走的少年还是他的父亲? 她热切地想听听萨拉会怎么说:她的措辞才能为这次离家出走赋予真实的意义,才能决定这是一场悲剧或只是平常小事。

"结婚的事还在困扰我,"芭伊雅终于开口对萨拉说,萨拉没追问,歪着身子等她说下去。

她手里揉搓着一团混合了油的碎草末……她在听:这城里,有些处女,会兴奋地伸出手拦住你攀谈。天性就是如此天真无邪。如果愿意,萨拉也可以沮丧婉约地哭泣,用女性哀怨的嗓音。不为什么,为了她们所有人……变革,缺乏远见地小步挪动,至少古老的热情避免反叛绕着自己旋转,像可笑的陀螺。

"你还记得我去年跟你提过的那个未婚夫吗?"

萨拉犹疑地表示记得。

"给我点水……不……冷的!"

芭伊雅松了口气,接着往下说:

"最后,我父亲闹哄哄地把他赶走了……我们都已经确定了订婚的日子,可是,他一向敬重的姐姐,住在外地,是最后一个被通知到的……她气坏了,发誓说她不会出席。他呢,就想更改日期,而我父亲……你知道的,村里的男人,都很暴躁……"

萨拉让一个小孩爬到她背上。孩子的母亲已经筋疲力尽,由他跟萨拉去闹。

"我真不走运！"

"怎么会，"萨拉反驳她，"你在实验室不是升职了！"

"当然，"芭伊雅抱怨道，眼中泛起泪光……"可是，你是知道我的：如果不结婚，我是安静不了的！"

又有一个人加入了谈话，她有一定年纪了，能听懂法语。两脚中间放着一壶热水，她将一侧病痛的胳膊一下一下地轻轻浸在水里。

"你这么漂亮！"她嚷道，为了证明她和芭伊雅来自同一个地区，又用柏柏尔语说，"金元宝不愁找不到主人！真命天子会出现的！"

芭伊雅娇俏地笑了。萨拉退出了谈话，也想回到浴室去，虽然她在那里也待不了一刻钟时间，否则心脏就会疲劳。

安娜见萨拉进来，疲惫不堪地坐下，解开裹布，她看见萨拉身上那一大块青色的伤疤。

"是烧伤吗？"她问道，沿着腹部慢慢地触摸它。

萨拉没有回答。"战争留下的伤痕。"她本该这样说，或许还加上戏剧性的语调。关于这个城市战火纷飞的岁月，安娜一无所知：女人们在枪林弹雨的街上，白色的面纱血迹斑斑……萨拉是如何耗尽青春的？在某个地方，就这样，在大街上，然后在监狱里，塞满了青少年……她现在研究的阿尔及尔档案项目，看上去是关于艺术的，其实是为了回答这个问题吗，这个长久以来在她脑海挥之不去的问题？她的墙，她的阳台，空荡荡的监狱的影子……

萨拉和安娜是去年在一个机场重遇的：一起激动地去上小学，早在战争以前……安娜的父亲是个法官，后来被调到另一个殖民地。一段阶梯通到小公园。她们一起走这段路，截然不同的两个小女孩，每天兴高采烈地重复着这样的相遇。刺槐的香气飘满公园，"你还记得吗？"安娜问，她昨夜在果园，跳着舞结束，边跳边哭……"肩膀舞动的节奏相似，手臂在沉沉的柠檬树下摇摆，那么多的女人笑得像孩子一样……我回来是为了这些吗？"

她们相互为对方冲水。按摩师看似不经意地推销她的服务：她端着浴巾、洗脚的冷水等在最后一个浴室的最后一个出口；甚至，在凉飕飕的休息厅里，她还摆了坐垫供慵懒的浴客休息，如往常一样，希望借此得到更多的小费。于是在慈爱地为她们两人包好浴巾后，她说她们"简直像年轻的新娘"，这陈词滥调总令人感到很受用，她为此沾沾自喜，就在她手里端着铜杯做一个动作的时候，突然脚底一滑，摔倒了，右手背打到大理石板的边缘。

现场除了刚走出来的安娜她们两人，还有一位健壮的女浴者放下几个孩子，帮着搀扶在痛苦呻吟的按摩师。

外边，萨拉第一个穿好衣服。用镶着流苏的围巾包上头发，跑到外边街角的杂货店打电话。浴室的老板娘，平时总端坐在收银台的，这时也陪她来到休息厅，脑子里马上想到一个紧张的危机，随后的日子里可以预见的混乱：失了人手，现在去哪里找送水的人呢？

"问题是，"伤者说，她刚刚清醒了一点，"她上哪儿找像我这样的'Hadja'呢，既送水（那些水壶可是要了我的命，我的不幸就是它们）又给客人按摩？幸好按摩的收益是我自己的！"

安娜望着她凹陷的脸，眼睛里闪烁着无力的怨恨。她为她擦去额头上的汗水。

她穿着衣服走回休息室，端了一杯水出来，让伤者可以给手和额头降温。

出租车上，老妇人用一条羊毛围巾把自己裹得严严实实，围巾虽旧但白得无可挑剔，她在萨拉和安娜之间睡着了。

到了医院，萨拉要求紧急处理。一位年轻的医生认出了她。这让按摩师心里感到踏实多了。

"你的右手一小时后再做一次检查……你得住院，哦，可怜的大妈！"

老妇人对于那年轻实习医生开的镇痛剂不放心。安娜决定陪在她病床边，她们待的病房里还有其他妇女在休息。

她像举着救生圈似的举着那只手：其他病人猜想她一定是人家

的孝顺媳妇，儿子呢，当然不久也会出现的。

萨拉回来了，阿里陪着她，他刚给学生上完课。

做了一大堆检查后：

"不要紧的，大妈，"他肯定地说，"我的同事，一位女医生，会负责你的治疗并且一定为你动手术！"

"手术！……我不想被麻醉，这可是违背我的信仰的！"

"什么信仰？"阿里严厉地反问道，"如果你愿意，现在就可以站起来离开：你将永远不能用这只手工作！"

老妇人再也不吭一声了，甚至到阿里离开的时候也没开口。安娜理解她，对她鼓励地笑了笑。"真希望能告诉她，我感觉跟她有某种联系……如果我……"

"萨拉，她叫什么名字？"

"法特玛。"老妇人抢着回答。不小心露出了她掉光牙齿的嘴（出于谨慎，她在出租车上将镶金的假牙卸了下来，唯恐戴着，医院就不是免费的了）。"你告诉她，我们这儿所有的'女佣'都叫法特玛！"

一小时后她睡着了，发烧的热度让她支持不住。

萨拉对安娜说她过一会和外科医生一起回来：城里唯一的外科医生专门负责手部手术，工作事故频发令这个部门格外忙碌。

安娜一直待在送水人的床边，留心观察其他病人。睡梦中的老妇人一只手向上抓，像一个溺水者伸出的手臂，嘴里发出呻吟，仿佛还在承受水壶的重压。

当人们将她搬上救护车，送她去外科医生所在的部门时，她还似醒非醒。救护车试图越过拥挤的交通，她的梦被救护车的鸣叫声打断，生硬的词句串起断断续续的梦，像由来已久的苦痛。

送水女人篇

沉睡的人，我是沉睡的人，有人带我走，谁带我走……

沉重的身体平躺在车厢里，汽车笛声大作，穿梭在下城区。肚子受呼吸影响咝咝作响……肚脐眼张开，双手朝上，右手裹着纱布，包得比卖肉的砧板还要大，另一只手在血管和皱纹的衬托下显得更小，皱纹里还渗着刚才的散沫花汁，按摩师的手，在潮湿的穹顶下，为唉声叹气的沐浴者的肉体服务……

不假思索脱口而出的话语，像瘴气，在同一间阴暗的石头屋子里，随着水流动。我这衰老的按摩者的身体躺在飞奔的救护车里，自由的话语在我周围飘荡。令人激动的话语，来自穆斯林女人的窃窃私语，蒸汽的透明的话语，带着回声……

沉睡的人，我是沉睡的人，人们将我的身体带走……

向穆罕默德先知祈祷，甚至向他的寡妇们祈祷……

只有话语，远古的话语，不成文的话语，夹杂刺耳的空白，不再令人透不过气，双手，一只雪白而另一只通红，伴随虔诚的洗浴者的哎唷声，有节奏地在她们身上滑动，渐渐消逝的话语，显得救护车持续的呼啸声更为刺耳，它为救我而横冲直撞——这庞然大物丝毫不担心在巨石组成的悬崖间向上蜿蜒的道路，昨天我还从那悬崖下来，包着旧羊毛头巾……

后来我就这样赤裸着，飘飘荡荡，我不会变成木乃伊，我是君主，是女王，躺着等待可能的截肢，在此刻摆出祭品的姿势。我唯一一次成功的水上航行就这样开始（远处港口停泊的船只，是我静默的证人），我，一个女人，在前进，以往的种种声音化为音乐伴随着我，激昂的歌声，嘶哑的呼喊，陌生的话语，各种各样的声音在正午钻过变形的城市……

我是——是我——我是揭去面纱的女人……

地底，层层叠叠的词语，被彻底吞咽的语句，像黑色的鞘翅，会逃出来吗，会醒来刺我吗？我出门时脸上不再，再也不，戴着面具，在我头上不再顶着水壶，结束了，它们都淹死了，地层的痛苦，像第二声部，没有音调也没有颤音：

我是——是我——我是被放逐的人……

原本埋藏在深处的麻木感突然再度出现，前进中平躺的身体，救护车开路前进：蜿蜒的街道，两边的阳台上，伫立不动的孩子睁大了眼睛……水彩画里的船舶，永远波涛汹涌的海洋，城市的高度在寂静的紫色中延伸：医院还远吗，外科医生，唯一戴着白布口罩的人，她在准备了吗？

交头接耳的声音纠结在一起，肚子上方发出叽叽咕咕的声音，在松垮的胸部下方……零散的诗句重新集结，阿拉伯女人说话的声音，长长的啜泣，持续不断，在心里，悲伤地流淌，月经来时流出的鲜血，被处死士兵的家眷对过往仍记忆犹新，石灰墙的震动发出新的声音，被撕碎的话语，都围绕着我，送水女人创造了我全新的空间……

痛苦、不确定的声音，低声说要找到自我：

是我——我吗？ 被他们驱逐、下了禁令的我

是我——我吗？ ——被他们羞辱的我

被他们囚禁的我

他们想让我屈服，拳头挥舞在我头顶，让我一直往前跑，直到地狱深处，我待在黯淡的不幸的大理石中间（在有着猴子

面孔的罪恶中间?),在披着白纱的静默的岩石中间……

水,无止尽地流,一直如瀑布般奔流,像燃烧着的飘荡的丝带,肩上的黑桶里水流出来,在地面上冒着烟的洞外。

我,他们想让我窒息,从燃烧着火的洞里来抓我,以为我的皮肤被揭下来烙上了印记,巨大的裸露的伤口,我,是我吗?……

刹车几乎没发出声响,担任司机的男护士已经把救护车开进坐落在上城区的医院大楼,警报声暂停了片刻又在房间里响起来,对人真是种折磨,他们对我施行了全身麻醉,在我麻木的身体周围,只听见托盘、锥子、刀片的摩擦声……这是手术前的几分钟。

停顿间隙的乐声终于配合上了准备工作的节奏,在外科医生的眼皮底下,能看见她乌黑的长睫毛,脸的下半部被遮住了。

我,他们想天一亮就把我嫁掉……

我的撒哈拉沙漠静卧在天边,我父母记得他们曾是游牧人,我跑着,光着脚的小女孩,奔跑在沙丘上……房间里散发着肥料的气味,我的羊,我有一只白色的山羊,它朝天空伸长了脖子……父亲的农场就这样建立起来了,我以为它是富裕的。

我的父亲穿着军服;我还记得他的制服,衣服上有红色的披巾。当他弯下膝盖抱紧我,我拿脸颊在他身上用力摩擦……我颤抖着……他越来越远……我母亲在我出生时死去,我的阿姨们,成群的阿姨,在我父亲来的时候,笑得快喘不过气,她们给我穿上好几条女人的裙子——我垂着眼,溜到父亲身边,紧紧贴着他猩红的蓬腿裤……

有一次休假,我父亲来的时候还带了另一个士兵来;阿姨们都不出声。他们要把我当新娘子带走……为了外地人的儿子,他们说,父亲打定了主意。阿姨们都哭了,她们说,要是外祖母还在世,我父亲绝不敢这么做……

她们给十三岁的我搽脂抹粉,拔眉毛,除腋毛和阴毛,在前额和两颊贴上亮片,给我买绣花拖鞋。我的心为人生的第一次旅途怦怦直跳,我,要做新嫁娘……

马车向北方驶去。

沉睡的人,我是沉睡的人,人们把我带走,是谁……

马车飞奔着,一群包着厚厚面纱、手指用散沫花汁染成红色的陌生女人围着我,她们触摸我的胸、肩膀、肚子,然后高兴地大叫,当我向北方高原出发的时候,她们发出了清脆的尖叫声。从喉咙发出的叫声,此起彼伏(四个,她们一共是四姐妹),这尖叫让我发冷,它让我又陷入童年的记忆,在沙丘上奔跑,撒下一串串笑声……

我曾是,我曾是黎明的新嫁娘……打水,最后成了打水的女人,在冒着蒸汽的洞穴里……

十三岁,在这个年纪个头算高的了,而且如愿以偿地长了棕色头发,头发一直垂到腰际,乌黑的眼睛,鲜红的手掌。十三岁,我的胸部一两年前开始变得丰满,面对第一次旅行我的心怦怦直跳,先是希望,接着是恐惧,然后……眼前忽然一黑,今天五十岁,或者六十岁了,我不知道我的年纪,时间的黑暗:或许对我十三岁的肩膀而言,命运的水壶太烫了。此后我一直就是五十,或六十岁,有什么重要呢,总有沐浴的女人进进出出,孩子们在蒸汽浴室的雾气中叫嚷,水在石面上不停地流,像青铜重重压在我的肩膀上,而我还要按摩,还有……

送水的,我要水……滚烫的水!……送水的,送水女人……

身后，一片漆黑，洞里冒着烟……在这个农场的悲惨遭遇，以我的第一次奔跑告终！肚子鼓鼓的小孩在地上爬，苍蝇飞进眼睛里；硬土造的房间里甚至没有油灯，那些固定在地上的双耳尖底瓮占据了全部空间……女人们，脸看上去很老，胸袒露在外面方便喂奶，婴儿们抓着母亲空了的乳房；几个眼神焦躁的男人，一整天坐在那儿：四周都是岩石，低一点的地方是一片肥沃的绿色平原，从前在法国的法官和宪兵到来后法国人就选中了这里……走下马车的时候，农场主人出来迎接我，戴着和我父亲一样的军用皮带，眼睛热烈地盯着我，仿佛我是为他而来的……这天夜里，我丈夫，一名少年，用双手摸索着我冰冷的身体。第二天，女人们就拉下脸来："干活！给我们瞧瞧你都会干什么，公主！"……片刻后又说："你可是被你父亲为了两瓶啤酒卖到这个驻军城市来的！"

完了，我在辱骂中明白一切都完了！两个月，还是三个月过去了，悲惨的境况仍然继续着。

第二个声音又唱起歌来，高亢，嘶哑的嗓音带着啜泣：

> 我——真的是我吗？——他们想逼我，他们试图摁着我的头，让我陷入阴森恐怖的地狱……

我终于跑了。一天夜里，我逃跑了，没戴面纱，披着红色长袍，心里对自己说："向前跑……一直向前！"再也没有东南西北，只有空间和黑夜，我生命的漫漫长夜开始了。

再也没有光着身子肚子鼓鼓的小孩，再也没有大姑子们每天早晨摸着我问"她什么时候才会怀孕啊，这女人？"。我一个人在漆黑的夜晚，脑海里只有这几句话："离开……现在就跑……往前……往前面跑！"这些话，像鱼刺，有时卡住你的喉咙，撕痛你的胸膛……话会撕裂你，是真的，话会撕裂你……

奔跑，我奔跑在夜里。漆黑一片。沿着路，催促自己，快点，再快点，要比我在沙漠里丢失的羚羊跑得还快！

黎明时，到了一个小城。在市场里，老人们在街角闲聊，冒着热气的茶发出薄荷的味道……"要是我有一件男式呢斗篷该多好，打扮成男孩！……在街上闲逛，像其他人一样……人，做真正的人"……一个女人低声问我，她包着脸只露出眼睛："你在这儿干什么呢，姑娘？"一小时以后，我来到了避风港，不，一个工作的地方：在那里待了两年，白天织地毯，晚上去伺候一个老妇人……结束时，还是在街上：这一次不是用脚逃跑，不是在夜里，他们要把我交给另一个男人，我逃跑的终点，是首都阿尔及尔。我待在房子里，我有了名片。我有客人。五年，十年，一年年这么过去……庆祝独立了：房子都打开了门，街道欢腾，我走出来，以为自己自由了。在橱窗里看见自己的脸："老了，我老了……而且饿！"

一两年前,在发生骚乱的城堡区,来了一个农民。人们把他藏了起来。他后来开口说话了。他来自我的家乡,认识各个部落,各个分支……我心里一凉:

"你认识阿玛尔吗,那个当兵的? 他有一个很大的农场……那是很久以前的事了……他现在应该已经退休了……我在他们那里工作过(我撒谎了)……做用人!"

"他是最早被杀的通敌者之一,在战争刚开始的时候……人们发现他被割喉丢在沟里……农场被卖掉,家里人都去流浪……"

"谢谢你,大哥。"我谢绝与他同床,另一个姐妹走进房间,她是出于友情,来取代我在房间里的位置……

后来遇见土耳其浴室的老板娘。浴室的高温,蒸汽浴室,水桶……一个桶,一个客人……何必计算? 老生常谈,离开妓院,离开浴室……昨天在街上,有人歌唱希望,驱走了我的怨叹:

我是——我是谁? ——我是被驱逐的人……

在法特玛平躺的身体前,外科医生集中精力开始手术;安娜待在等候厅里。与此同时,萨拉站在莱拉的床前,莱拉十分兴奋。播放犹太女歌手歌曲的唱片停了,停在三十年代的悲伤民歌里……

带炸弹的女人

"他们到处说我受到折磨……电刑，你也知道是怎么回事！……"

萨拉手指抓住床的金属边缘，陷入回忆，莱拉继续说：

"丢炸弹的女人你们在哪里？ 她们组成队伍，掌心握的手榴弹如花朵般绽放，化为熊熊火焰，青色的脸庞闪着光亮……你们在哪里，放火的女人，我的姐妹们，你们本可以解放这座城市……铁丝网不再拦住小巷子，而是围起窗户，阳台，所有通向外部空间的出口……

"人们在街头拍照，拍下你们赤裸的身体，复仇的手臂，在坦克前……你们被侵略者士兵割烂的腿令人触目惊心。因此著名的诗人写下了关于你们的抒情诗篇。你们慌乱的眼中……有什么……你们的身体被分成小块使用，非常细小的小块……

"女施主们又开始收集珠宝……土耳其的和柏柏尔的。项链和吊坠献给你们被割下的头颅……贞节腰带，镶嵌了银和珊瑚，献给被孤独地关在监狱的她们……我们应该在每个胜利的日子给女性特写：这些惯常染了散沫花汁的手指，应该是居家的母亲的手（脸映在火光里做面包，也会烧痛自己），同样的手指，没有染散沫花，可是指甲修得很整齐，像握橙子一样握着炸弹。所有我们认为是

'别人的'身体都爆炸……敌人血肉横飞。而那些后来所谓活下来的女人，待过坚不可摧的监狱，记忆中的铁窗，还有……（她哭了）还有和我一样的发烧的恐惧（因为，萨拉，我在发烧，你知道，我一直这样），她们真的还活着吗？炸弹还在爆炸……在二十年的时间里：在我们眼前，因为我们不再看外面，只看见猥亵的目光，炸弹爆炸了，在我们的肚子上，而我——莱拉吼叫起来——我是所有不能生育的女人肚子的总和！"

萨拉哭了，一阵痛苦刺痛了她胸口。

"亲爱的，我最亲爱的，"她终于开口了，听见自己的阿拉伯语带着家乡口音，"亲爱的，别说了，别再说了！……说话，有什么用？"

"恰恰相反！"莱拉用咄咄逼人的法语反击她，"我需要说，萨拉！他们为我感到羞耻！我憔悴了，我是自己从前的影子……也许因我昨天在法庭说得太多，我太经常在公开场合激动了，兄弟们鼓掌时，我以为……（她笑起来）。是不是从来就没有什么兄弟，萨拉……你说？……你……人们都称你为沉默的人……从来没有人知道你具体遭受了怎样的折磨！然后他们像照顾我一样照顾你，以为你只会留下几个疤痕，他们从来不知道……"

"我一直都有语言表达的问题！"萨拉想道，解开上衣，脸上仍挂着泪水。她揭开衣服露出一侧乳房上方青色的疤痕，一直延伸到腹部。

她走到床边,紧紧抱住莱拉。她抚摸她的额头,眉弯,几乎想亲吻她的面颊,就这样对着她哭泣,用尽力气抱紧这干瘪的身躯,弯曲的肩背,瘦弱的胳膊,孩子般细小的手腕,瘦骨嶙峋的头,几乎和死去的人一样……萨拉感到一股纯粹的莫名冲动……她像聋哑人那样寻找爱情的词汇,非正式的用语,在哪一种语言里能够找到这些词,像岩洞或温柔的旋涡。可是她没有动,当她缓缓扣好上衣时,一切都在她身上喷发。

莱拉还在兴奋地讲个不停,这时画家走进房间,靠近萨拉说:

"别大惊小怪! 就是发病了。我见惯了吸毒的人。我自己也是这样走过来的……"

他见萨拉要走。

"你还是关心阿里的儿子吧! 只有你能让他回来!"

萨拉不安地看着他。很快地回到汽车里。

"你知道什么?"她生气地冲外面喊道,为自己忽然地感到颤抖而吃惊。"你有没有问过自己他为什么离开? 试想这孩子有一天晚上看见我们打架,我和他父亲! 你知道吗,你在这里隐世独居,你知道这个城市的恋人夜晚是如何度过的吗?"

她发动了汽车。汽车消失了许久之后,画家仍呆站在大门前。

"也许应该去老阿姨家。"萨拉心想,她花了好长时间才恢复平静。"在城堡区，那儿，上回有几天夜里，纳西姆就躲在那里。他等她回来，因此每晚睡在露台：露台下的内庭，好像一口井，年轻姑娘们蜜蜂般在底下忙碌，小男孩从上边窥视她们。'白马王子，'女邻居们大声说出梦想，'永远不会出现在门口，或许可以乘降落伞落到天井中央！'然后她们放声大笑起来，笑声尖锐刺耳……"

"纳西姆，"萨拉驾车行驶在拥挤的郊区，"纳西姆会回来的，眼神最终会安定下来。否则，如果谁都不来，那城里新来的孩子们都在哪儿呢？"

她把车停在医院入口处。片刻后，安娜告诉她法特玛的手会好的。前厅里，休息的护士们一片嘈杂，刚摘下白口罩的女外科医生朝她们疲倦地笑了笑。

四

"除了这次相遇，我看不到我们之间任何其他的结局：一个女人对着另一个女人说话，后者看着她，目光热切，说话的人在讲述的是她黑色的回忆，还是在描述她度过的夜晚，话语像火把和蜡烛一样融化得太快？ 而听的人，是不是听着听着，回忆往事，最后仿佛看到了她自己，透过自己的眼睛，终于不再隔着面纱……"

萨拉在恢复了安静的阴暗房间里走来走去。她烦躁地抽着烟，感觉自己走出了这些天累积的压力，虽然其实什么都没有发生，至少对她而言。

"阿拉伯女人们是怎么经历这些的？"

她低着头，走近安娜，在台灯旁边，接着抬起她大大的眼睛。"现在用复数是不是太早了？"她轻声说道。

她又走来走去。

"从前，"安娜开口道，这是她第一次向她朋友提问，"在监狱里的时间你是怎么过的？"

萨拉面朝着她，过了一会儿才坐下，眼神飘忽不定。

"最难过的一天，"她喃喃说道，"被关的这些年里最长的一天……有人在会客室告诉我说我母亲去世了，突然地！我没有哭。我哭不出来！我忘不了后来发生的让我撕心裂肺的事……也许因为我是在这个地方得知的死讯？"

她停了下来；安娜等待着，不敢动。萨拉，重新坐下来，屈起双腿，脸放在膝盖上，把自己越来越紧地蜷缩成一团：

"我想我当时以为：我永远出不了这监狱了！从那天起（我在巴伯路斯监狱又待了一年），我的身体好像，每动一下，就撞上墙壁。我在心里吼叫……别人只看到我的沉默。莱拉昨天还说：我是一个哑巴囚犯。有点像今天阿尔及尔的一些妇女，你可以看到她们不戴传统面纱在外行走，然而，由于害怕未知的新情况出现，将自己用别样的面纱包裹得更紧，这些面纱虽然看不见，却很容易感觉得到……我也是：离开了巴伯路斯这么多年，我还背着我自己的牢笼！"

"萨拉，"安娜柔声道，"还记得吗：孩提时代，我们俩自由自在的，在这个花园里玩！"

"我母亲。"萨拉喃喃自语。

她忽然哭了；泪水滚滚落下，平静地，没有改变她脸部的线条。安娜没有表示出任何同情。萨拉抹去下脸颊的泪水，她把僵硬的手掌在裙子上擦了擦。

"我能想象她坐在那里几个世纪，目光空洞，闷闷不乐！……我可以日复一日地讲我母亲！"她哽咽着又说。

夜深了，终于，她释放自己……安娜心想：这个奇特的城市，陶醉在阳光里，然而监狱高高地包围住每条街道，每个女人为了自己的打算活着吗，或者首先是为了从前被囚禁的女人的锁链，一代接一代地延续着，而同样的阳光照耀着，天空仍然是一成不变的蓝色，几乎不曾褪色？

"我死去的母亲……她的生命中什么也没有发生过。她唯一的不幸是：生了我，仅此而已，没有儿子，再没有其他孩子！她应该一直生活在被离弃的恐惧当中，我猜是这样！这一点，我是后来才想到的，在她死后，当时我的狱友们正在试图安慰我……仿佛我母亲，坐着一动不动地，也加入到我们中间，在监狱里！过去，在我们家乡，郊区的低矮大屋里，她默不出声地整天劳作。永远停不下来。她洗厨房；都做完了，又开始洗瓷砖、墙壁，掀开床铺，再洗被褥。她擦啊，擦啊……总之，就是一项任务接着另一项！可是当我在这个监狱里得知她的死讯，我又看见了她的所有姿势（她不和我说话，几乎从来没和我说过，只有时会亲吻我，当她相信我已经睡着时，很紧张！）我也明白为什么我会离开，十六岁的时候，离开家，离开学校（我父亲感到那么骄傲：一个高中生女儿，简直好比他同时有了七个儿子！）但是……（她的声音忽然变得苦涩）当时我们那里发生的解放战争，"她有点出神，犹豫，"我们都急着想先得到自由，然而后来得到的只是战争！"

萨拉的眼神变得迷茫。沉默片刻后，她用苍白的声音重新开始说，没有苦涩，然而也没有了激情：

"每天晚上，当我父亲回到家，我母亲手里就端着一个装满热水的铜盆，为他洗脚。那么的小心翼翼。而我，坐在台阶上（我当时应该有七八岁），望着她。我脑子里什么都不想！从来，我心里从来都没有想过什么。在当时我应该觉得这样的场景很正常，或许我在别人家的院子里见过同样的习俗，那里有茉莉花和陈旧的马赛克，像我们家一样……我从来没有站起来去把盆里的水倒掉，然后对安静从容的夫妇俩说：'见鬼去吧，你们俩！'但是我知道我永远也不会像这样洗任何东西。从某种意义上讲，可以说铜盆的习俗抹杀了其余的一切……然而，年复一年，在巴伯路斯的这间牢房里，这样的家庭场景涌进我的脑海，让我不得安宁！就这样，我母亲死了：安静地，仅仅由于一场感冒。我知道她从来不会报复。这一点我真的无法接受！"

安娜听着。停顿的时候，她也不插话，甚至不让自己动一下。是否几天或者几年前她自己，在同一间公寓，也这样仓促地讲述过她自己的生活？

"我真的没有想到，"萨拉又说道，"'报复我父亲'。我父亲在他的亲人看来，我想，是一个相当好的丈夫。我出狱的时候，他陪着我走在大学的两个庭院中间的街道上，用十分尴尬的语气向我宣布了他再婚的消息，我心里想：'他为什么如此窘迫？'……我母亲和她的影子重叠在一起，她从不曾大声宣告她的恐惧，或者快乐，甚至从来没有诉过苦，就像许许多多我所认识的人一样，也没有大声抱怨，或者啜泣，我的母亲，我似乎怎么也解救不了她！……我徒劳地在外奔忙，白天过着我的生活，真正按照我的方式即兴地生活，我枉然享受着，必须强调这个词，享受着这份'自由'，然而唯有一个问题困扰着我：这自由，它真的属于我吗？我母亲死了，甚至想不到我的生活是如此曲折！……安娜，我该怎么做？重新把自己关起来,再为了她而哭泣,为了她重新活过吗?"

她擦掉眼泪,可是仍然痛苦,无能为力的撇嘴表情让精致的脸庞紧绷。

"我,就是我母亲,"她低声地吐露知心话。"至于其他人,都是家里别的幽灵!"

黎明的曙光已经开始照亮公寓的遮帘。

"我认为阿拉伯女人排除一切障碍的唯一途径就是:说话,不停地说昨天和今天的一切,在我们之间说,在女眷内室说,无论传统的或者廉租房里的女眷内室。在我们之间说着并且看着。看外面,看围墙和监狱以外的世界! ……用女人的目光和女人的声音。"她含糊地说了最后一句,然后冷笑起来:

"不是整天唱甜蜜歌曲的女歌唱家的声音! ……是他们从没听过的声音,因为在她能够演唱之前将发生新的未知的事情:叹息的、怨恨的、痛苦的声音,所有被他们禁锢的女人发出的声音……在敞开的坟墓里寻觅的声音!"

萨拉回想起这几代妇女。想象自己认识她们所有人,陪伴过她们:她唯一的摇摇摆摆的肯定。

"安拉啊!"她喊了一声,想起了莱拉。拔出肉里的刺的莱拉。"这全新的、好斗的女眷!"(她喊了起来)"是的,没有'女眷',没有禁令! 以谁的名义? 以什么名义? ……"

她知道全天下都是这样：不可避免的战争爆发，不论慈善团体怎么说，只能依靠来自某条地下河流绝望而清晰的爱来维系……她的身体哆嗦起来，因为愤怒。

"现在，"她过了片刻总结道，声音平静了许多，安娜正为即将到来的出发准备行李，"现在，"她重新说道，"才是伊斯玛依①在沙漠里怒吼的时候：被我们推倒的墙将继续把他孤零零地围在里面！"

她的希望，抑或挑战，都不重要了，她不知道相关的是接下来的日子，或是下一年，或是不总属于"别人的"时代。

第二天，安娜搭乘的应该在黎明起飞的飞机，晚点了一个多小时。

两个女人等待着，在一群外出打工的工人中间，他们刚回山区的村里度过了带薪假期。当中的两三个人，脸晒成棕褐色，但比较平静，妻子陪在身边，穿着村妇的长裙，有一些怀里抱着婴儿，额头上刺着精致的花纹。

最漂亮的那个——安娜从萨拉的只言片语里得知——当天早晨才摘下面纱。她很年轻，眼睛用眉墨描得很黑，可是脸上充满希

---

① 伊斯玛依：伊斯兰教先知。

望，直到登机前都保持身体笔直的等待姿态。

"我不走了！"安娜突然大声喊道。她热切地望着那位年轻的女子，朝她笑了笑（陌生人就这样将这认同的信号带上旅途，就像其他旅客带着他们的篮子和陶器，一直去到巴黎北部郊区的贫民窟）。

"我不走了！"安娜重复道，以最快的速度追上萨拉，后者正要离开机场。她们紧紧拥抱。

坐在破旧的汽车里，先开上一条通往城区平地的路，平坦的道路看上去像高级妓女一般唾手可得，接着拐到树木像柱子一样高的林荫道，白色的庭院紧密排列两旁，两个女人都哼起了歌。

"有一天，我们要一起坐船！"第一个说，"不是为了离开，不，是为了在这城市打开所有大门的时候凝望它……那将是怎样的画面！直到阳光都为之颤抖！"

另一个说她们终于可以重新唤醒从前海盗船长那般自豪的喜悦，他们是这个城市唯一被称作"王"的人，或许也是因为他们曾经是叛徒。

阿尔及尔，一九七八年七月至十月

哭泣的女人

> 虚线的不间断舞蹈。
>
> ——A. 阿达莫夫,
>
> 关于毕加索画作《哭泣的女人》

"他们都说我错了!"她低声说,接着轻微地提高了声调。"他们都对我说:'你丈夫,可不是法国人! 不能把什么都告诉丈夫! ……我……'"大海里,无声的浪涌上来,打碎了她的声音。

"我……每晚跟一个人睡觉,这……(口气变得不安起来)换句话说就是我的骨骼挨着他躺着! ……他能一直看到我的骨头里去!"

生硬的笑,喉咙抽动了一下。她想到这些年的日子:"死者卧像",过去这么睡下的时候她就会想到这个词。

海风:吹来灰青的颜色。一条蓝色的水波消失在西面远处。

"然后,他打了我……(眼睛望着海平面)。他真的是'狠狠揍'了我!"

声音沙哑了……她又接着说:"那时,在阿尔及尔的街道上,我走啊,走啊,仿佛走得脸都掉进手里,仿佛我在捡脸的碎片,仿佛痛苦沿着身体流淌,仿佛……"

她的思绪飘荡开来:这真是一个适合行走的城市,一个摇摆的空间,当你突然想加快脚步的时候,街道变得摇摇晃晃……到处是一片蔚蓝。

她站起来,将过去踩在脚下。她的"两件套"泳衣让她的身体显得更白,特别在髋部和肚子的位置。

"我走了!"

转眼间,她抬起手臂,把一件淡色的棉质紧身长裙套在没有弄湿的身体上。从挂在身边的红色布包里,她取出——做这件事时,她慢慢地弯下身子——一大块白色的布,布质丝滑,纹路也更暗沉。她把它张开,仿佛怕它被吹跑似的,我们可以想象她跟在白布后边奔跑,穿越无尽海滩。

她好不容易将整块布裹在身上,布在摩擦中隐隐发出沙沙的响声:始终保持沉默的男子,在海浪声中还是听到了这沙沙声(在监狱中度过了这些年,他的听觉增强了)。

现在女人的侧影形成一个飘曳的六面体;她面对他站着,脖子和头完全没有包裹,但风从腋下猛烈地吹上来,她变成了一个奇怪的降落伞，在天与地之间游移。她冲他笑了，这是第一次，尽管被这白布所困扰。

还是从包里，她取出一种手帕，一半是白色花边，被她折成三角形。她将它放在鼻尖，在颈后打结，将丝滑白布的顶端压在剪得很短的头发上。在花边口罩上方，她明亮的棕色眼睛显得更长了，依然在笑。

"再见！"

话音仍在风中飘荡。白色的身影，娉娉婷婷地，已消失在远处。

男人转头看了她一会儿，然后重新凝视大海。灰色和青绿色：在这没有太阳的日落之初，没有一丝蓝色的痕迹。

第二天，还是一样的天气。高温，在下午临近傍晚的时候，消退下去：一个太过成熟的果子慢慢地落下。几公里以外的城市在灰尘中嘈杂着。

男人占了同一个位子。不能说他在等人。人只在自己时间不够的时候才等待。从天蒙蒙亮他就摆出了姿态：小心翼翼地将两根生锈的金属棒折弯，像条又长又大的毛毛虫一般从狭窄的天窗溜出来，弄伤了腰部，他的确有的是时间。海水让他的伤口结疤；淡褐色的线条贯穿他的右背。

她说话时注视着他这道不规则的线：

"别的人，渐渐地，将你占满……像难以察觉的潮水。我嘛，他们用目光把我占满！ ……最后这几个月，待在这所装满了老阿姨和表姐妹的房子里，我对自己说：'听其他人说话，就这样！ 这对我就够了！'"

她想了想。有两三只海鸥飞得很低。远处传来的叫声，让人怀疑是鸟发出的。

"听另一个人说！ ……听他说的时候只要看着他！（停顿了一下，好像两节诗中间的停顿。）爱另一个人，"她说话的声音变得比较小声，略微小声了一点点，"爱他，注视着他；一切都消失了，你的怒火，你的暴力，你从来不曾发出的呼喊！ ……（两只海鸥飞走了，海浪声填补了寂静。）你听见另一个人的声音，那个痛苦，或曾经痛苦过的人……然后他解脱了，现在轮到你为他或她哭泣，你只能为他或她而哭泣！"

她的手，过了许久以后，开始挖沙，寻找鹅卵石。这一次，她来时包住自己的面纱，过一两个小时她离开的时候也会用到的面纱，落到了地上，像张死皮。

"有的时候，我心想：我不知道我的边沿在哪里，我的形状要怎么画出来……镜子有什么用？"

在这一刻，发生了第一次爱抚，令人难忘。后来，男人回忆起这个过程，当他重新蜷缩进他阴暗的洞穴：她抬起手臂，专注地看着自己的手指，然后将它们分开，举到空中，她流露出孩童般的神情，正因为这份专注……过了好一会儿她才把手伸到男人腿上；她摸了摸他的膝盖，像听诊一样检查他的关节，接着她的手指从上到下地轻抚他的小腿肚直到脚跟，然后再滑上来。她认真地抚摸他。

"你的肌肉很结实，"她接着又说，"我不知道你的年龄……别告诉我，我对这个无所谓！"

她纤细的手指从下往上滑到他膝盖，然后到他大腿的时候，他也把手放到了她手指上。他们就这样相互交叉着手指，久久凝视着彼此。然后他抚摸了她的右乳房，没有脱去她的衣服。她打断了他的兴致。

"我走了！"

她站起来。布料的沙沙声，尽管有海浪。白色的平行六面体还是那样犹豫地飘荡。

女人走远了，男人坐在那儿直到夜色降临，明亮的夜色，覆盖了整个海面，从角落开始，从远处，两端的地平线。

第三天，当她低声说话的时候（这些年的中产阶级婚姻，戛然而止，她花了好几个月的时间控制自己的冲动，对第二个男人，那个苍白而脆弱的少年的向往长久而令人心碎……），他在听吗，毫无疑问,可他能明白吗? 她只能对自己说,无论如何,他会说一种外语……但她最终还是吐露了心声,喃喃自语,滔滔不绝,大海重复着始终如一的曲调,海鸥不再来,鸟叫声已经消失。远处,好几公里以外,灰尘中的城市变成了梦境之城,消失在过去几个世纪里发生的毁灭性入侵里,她就这么说着,终于打开了心扉,她的手放在男人的右膝盖上。

她说道:"等一下,当一切都被揭去外衣,所有的泥浆,碎屑……等一会儿,我要把干涸的嘴放在你这道悲伤的伤疤上,我会慢慢地,用舌头勾勒出伤痕的轮廓……他们'痛打'了我,但我没有被毁容,我重新有了嘴、嘴唇、舌头……等一会儿!"言语描述的过去就像碎石终于卷入枯燥的传送带,逐渐逐渐地。两人之间的这一刻,如此专注,仿佛随着嘈杂的音乐颤动(远处的海浪传来隐隐涛声)。

就在此时,他们身后出现了第一个士兵,穿浅栗色服装,全副武装。

一声哨响……女人停止了低声倾诉,没有转身。

又来了两个带枪穿制服的士兵。他们没有动,他们也没有。

这一天,空气不像从前那样阴阴暗暗地被雾气笼罩。即将落山的太阳散发的光晕,将海平面染成玫瑰色。终于可望有一个美丽的夏天。

"我们可以站起来然后走开,"女人开口道。她想说:"像情侣一般。"

她没来得及说。一只大狗,德国牧羊犬,猛然向他们冲过来,看上去开心得活蹦乱跳。

男人站起来,朝女人转过身去。他伸出两只手,像从前他的手腕上戴着镣铐时一样。他拎起地上的白色面纱,然后放开手……他走上去说了些什么:关于面纱,关于在等他的女人。

他跟着狗走了,狗高兴得摇头摆尾,围着他绕起圈来,也许是在发怒,也许是出于喜爱。

过了一会儿,士兵们的身影消失在远方,他们把赤裸着上身的男人围在中间。德国牧羊犬也不见了:它应该跑在了他们前面。在这个地方,这山坡就像一座即将崩塌的沙丘。

面朝大海,一动不动,她双手握着白面纱不停揉搓着,女人在哭泣,女人在哭泣。

阿尔及尔,一九七八年七月二十日

昨　天

无所谓放逐

这天上午，我稍稍提早了一点完成家务，将近九点钟。母亲已经戴好头纱，挎上篮子；走到门口的时候，她又说了一遍这三年来每天都要重复的话：

"要不是我们被赶出自己的国家，我也不会被迫要像男人那样上街买东西去。"

"我们家的男人今天有别的事要忙呢！"我和每天一样地回答她，三年如一日。

"愿真主保佑我们！"

我陪母亲走到楼梯，然后看着她笨重地下楼，她的腿不好。

"愿真主保佑我们！"我对自己说着，走回家去。

将近十点的时候开始听见叫喊声，大约一个小时以后。声音来自隔壁的公寓，很快转变成吼叫。我们姐妹三个，我的两个姐妹阿伊莎、阿妮莎和我，凭女人的直觉意识到：是死亡。

大姐，阿伊莎，马上跑到门口，把门打开以便听得更清楚：

"但愿不幸远离我们!"她低声道。死亡降临到斯曼家。

这时,母亲回来了。她把篮子放在地上,惊慌的脸僵住了,两手不住拍打着自己的胸口。她发出压抑的叫声,像她平时感觉难受时那样。

阿妮莎,尽管年龄是我们当中最小,却从来不失镇定。她跑去关上门,摘下母亲的头纱,扶着她的肩膀让她在一张垫子上坐下。

"不要为了别人的不幸把自己搞成这样!"她说,"别忘了你的心脏有病!愿真主永远保护我们!"

将这许愿重复了好几遍后,她去倒水,给母亲洒上,母亲呢,现在呻吟着,整个人完全躺在了垫子上。接着阿妮莎给她把脸都洗了,从衣橱里取出一瓶古龙水,打开瓶塞,抹了一些在她鼻孔下面。

"不!"母亲说。"给我拿柠檬来。"

她又接着呻吟起来。

阿妮莎继续忙碌着。我呢,我看着她。我总是反应慢。我侧耳听外面持续不断的哭声,估计不会停,至少到夜里。斯曼家有五到六个女人,都在齐声哀啼,仿佛每个人都打算永远停留在这场突然爆发的痛苦里。然后,当然,她们要去准备饭菜,照顾其他伤心的人,清洁死者……有太多事要做,在举行葬礼的日子。

目前,哭泣的声音,都一模一样,我们甚至听不出有哪一个的哭声更悲痛，它们形成一种长长的单调的曲调，哽咽着，我知道这将持续一整天，就像冬天的雾。

"他们家谁死了？"我问母亲，她差不多平静下来了。

"他们的小儿子，"她说，用力嗅着柠檬，"一辆汽车就在门口从他身上压过去。我回来的时候，看见他像虫子一样最后扭动了一下。救护车把他送去医院，可他已经死了。"

然后她开始叹息。

"可怜的人！"她说，"他们看着他活蹦乱跳地走出门，现在别人把他用满是血迹的布包着给他们送回来！"

她半直起身子，重复道："活蹦乱跳的！"然后又躺回垫子上，念起了驱祸辟邪的祈祷文。她对真主说话时总是轻声细语的，可是今天她的语调有些生硬、激烈。

"真是难闻的一天！"我说，我始终站在母亲面前，一动没动。我从早晨就在猜，但我没想到那原来是死亡的味道。

"还有：愿安拉保佑我们！"母亲急速说道。然后她抬起眼睛看着我。卧室里，只有我们俩，阿妮莎和阿伊莎回厨房去了。

"你怎么了？"她问道。"你看起来很苍白。你该不是心脏也有问题吧，你？"

"愿真主保佑我们！"我说着离开了卧室。

中午,第一个回来的是奥马尔。哭声还在继续。吃饭的时候我特别留心听了哀歌及其曲调变化。我慢慢听惯了。我以为奥马尔会问些什么。可他没有。在街上想必有人告诉他了。

他把阿伊莎领进一间卧室。然后我听见他们低声交谈。总是这样的,每当重要的事件发生,奥马尔会首先同阿伊莎谈,因为她最年长,也最沉稳。过去,在外面,父亲也是这样对奥马尔的,因为他是唯一的儿子。

交谈中有些别的事;跟斯曼家死了人的事情毫不相关。我一点儿也不好奇。今天是死亡的日子,其他一切都变得无关紧要。

"不是吗?"我对阿妮莎说,把她吓了一跳。

"什么事?"

"没什么,"我没有往下说,因为我知道她总会做出吃惊的回答,而我想的往往是更高的层面。今天早晨也一样……

可是为什么突然有股强烈的冲动,让我想牢牢盯住镜中的自己,久久地注视自己的影像,然后一边说着话,一边让长发撒落到腰际,就为了让阿妮莎注视它们呢?

"你看。二十五岁了,经历过结婚,接连失去两个孩子,离婚,逃亡,战争,现在的我正在这里自我欣赏,冲自己微笑,像一个年轻姑娘,像你……"

"像我!"阿妮莎说着,耸了耸肩膀。

父亲回来得有些晚，因为是星期五，他要去清真寺做"晌礼"祈祷。他一进门就问起丧礼的由来。

"斯曼家死了人，"我说着，赶忙上前吻他的手，"他们最小的儿子死了。"

"可怜的人！"他沉默了片刻，说道。

我扶着他坐到他惯常的位子，在同一块坐垫上。接着，把饭菜摆到他面前，在一旁看还缺不缺什么，我有一阵不再想邻居家了。我喜欢服侍父亲；我想，这是我唯一喜欢做的家务。尤其是现在。自从我们离开，父亲老了许多。他太牵挂家乡的人了，尽管他从来不说，只是当阿尔及利亚有信来时，他会叫奥马尔念给他听。

饭吃到一半的时候，我听见母亲低声说：

"他们今天应该完全没有食欲吧！"

"尸体留在医院了。"有人回答她。

父亲什么都没说。他在吃饭时很少说话。

"我一点都不饿。"我一边站起来，一边抱歉地说。

哭泣声，在门外，似乎更压抑了，可我还是能分辨出它们的旋律。它们柔和的旋律。我心想，现在正是痛苦成为习惯，成为享受，成为怀念的时候。这时人们几乎是愉快地在哭，因为眼泪是要始终保持存在的。这是我孩子们的身体快速变冷的时候，那么快，也是我知道的时候……

饭后，阿伊莎走进厨房，我一个人在里边。她一进来就去关窗，窗户对着隔壁露台，哭声从那里传进来。而我，依然能听见。并且，奇怪的是，正是这哭泣声让我今天如此平静，带点沮丧。

"女人们下午要来看你并向你提亲，"她开口道，"父亲说对方各方面条件都很合适。"

我没回答，背对着她往窗户走去。

"你干什么？"她有些激动地喊道。

"我需要空气。"我说着把窗户开得大大的，让歌声飘进来。死亡的呼吸成了"歌声"，我有这想法已经好一阵子了。

阿伊莎待了一会儿，没有回答。

"等父亲出门，你就仔细梳洗一下，"她终于开口了，"这些女人很清楚我们和其他难民一样，所以不会指望你装扮得像个女王。不过你好歹要把你的优点表现出来。"

"她们停止哭泣了，"我注意到，"或者她们已经累了。"我说着，想象这种奇特的疲倦，在我们最最痛苦的时候出现。

"你还是想想怎么应付马上要来的女人们吧！"阿伊莎训斥我，音量比刚才大了一点。

父亲走了，奥马尔也出门了，这时阿芙萨来了。她和我们一样是阿尔及利亚人，我们从前认识的，二十岁的年轻女孩，受过教育。她是小学教师，自从她和她母亲像我们一样逃亡出来以后她才开始工作的。"一个体面的女人是不在房子以外的地方工作的"，她母亲从前说过。她现在还是这么说，不过伴着无力的叹息。总要活下去，她们家，现在，没有男人。

阿芙萨见母亲和阿妮莎正在准备甜点，仿佛这对于像我们这样的难民是不可或缺似的。然而这样的仪式，对母亲而言，近乎本能；是她过往生活的承继，她无法轻易抛去的过往。

"你们等的这些女人，"我问道，"是什么人？"

"和我们一样的难民呗，"阿伊莎大声说，"难道你以为我们会把你嫁给外国人？"

然后又兴奋起来：

"要知道，"她说，"将来有一天回祖国的时候，我们都得回去，所有人，没有例外。"

"回去的一天，"阿芙萨突然失声喊了出来，她站在房间中央，眼里充满向往。"回到我们国家的那一天！"她反复说，"到时候我要光着脚走回去，可以更好地感受阿尔及利亚的土地，更好地看看我们所有的女人，一批接着一批，所有的寡妇，还有孤儿，最后还有男人们，筋疲力尽，也许很悲伤，然而是自由的——自由的！我要抓一把泥土放在手心，哦！就一小把泥土，我会对他们说：'看吧，兄弟们，看滴落在这些泥土颗粒里的鲜血，在这只手里，阿尔及利亚的身体流了多少血，她庞大的身躯，阿尔及利亚为了我们的自由和这次的回归付出了她全部的土地。然而她的牺牲现在说来成了恩典。看吧，兄弟们……'"

"回去的那一天，"一片沉默中，母亲轻声说道……"如果真主愿意！"

这时从开着的窗户外又传来哭喊声。好像一支乐队突然开始演奏一首曲目。然后阿芙萨用另一种语调说：

"我是来上课的。"她提醒道。

阿伊莎把她带进隔壁房间。

在她们密谈期间，我不知该做什么。厨房和另外两间卧室的窗户朝着露台。我从一扇走到另一扇，打开，关上，又再打开。我不紧不慢地做这一切，仿佛没在听外边的哀歌。

阿妮莎把我吓了一跳。

"看得出来他们不是阿尔及利亚人，"她说，"他们一点儿也不习惯丧礼。"

"在我们家乡，山里，"母亲回答道，"死者的身体凉透以前，是没有人为他们哭泣的。"

"哭起不了任何作用，"阿妮莎淡淡地说，"不论你死在床上还是为了祖国倒在光秃秃的土地上。"

"你知道什么？"我忽然对她说，"你太年轻，什么都不懂。"

"他们很快就要把他下葬。"母亲小声说。

她抬起头看我。我把身后的窗户重新关上。我什么都听不到了。

"他们今天就要把他埋了，"母亲略微提高了嗓门，"这是我们的风俗。"

"不该这样，"我说，"这是一个令人厌恶的风俗，将一具依然焕发生命光彩的躯体就这样埋进土里！一个非常令人厌恶的风俗……我觉得他们埋他的时候他还在颤抖，还在……"（然而我已经控制不了自己的声音）。

"别再想你的孩子们了！"母亲说，"撒在他们身上的土是他们的黄金毛毯。我可怜的女儿，别再想你的孩子们了！"母亲重复着。

"我什么都没想，"我说，"真的，我什么都不愿意想。什么都不想！"

她们进来的时候已经是下午四点了。我躲在厨房，听她们客套寒暄过后，说：

"这哭声是怎么回事？"

"但愿不幸远离我们！愿真主保佑我们！"

"我都起鸡皮疙瘩了,"第三个说,"这一向我已经忘记了死亡和眼泪。我已经忘记了这一切,尽管我们的心依然痛苦。"

"这是真主的意愿!"第二个接茬道。

母亲平静地解释隔壁丧礼的原因,说着把她们让进我们家唯一一间布置得比较体面的房间。阿妮莎,在我旁边,已经开始对这几个女人进行最初的品头论足。她问阿伊莎是谁跟母亲去迎接她们的。而我,又打开窗户,看她们彼此交换意见。

"你又在想什么?"阿妮莎眼睛盯着我问。

"没什么,"我无精打采地说,然后停顿了一下,"我在想命运的不同面孔。我在想真主的意愿。这面墙的背后,有一个死去的人和一群伤心欲绝的女人。在这里,我们家,另一些女人在谈婚论嫁……我在想这两者的差别。"

"你别再'想'了。"阿伊莎飞快地打断我,然后对刚进来的阿芙萨说,"你应该给她上课,而不是给我。她成天想啊想的。以为她读的书跟我一样多。"

"那你为什么不想学呢?"阿芙萨问道。

"我不需要学法语,"我回答,"它对我有什么用?父亲用我们的语言教育我们所有人。'只有它才是必须学的',他总习惯这么说。"

"学习母语以外的语言是很有用的,"阿芙萨徐徐说道,"就像去认识别的人，别的国家。"

我没有回答。也许她是对的。也许应该去学习而不是把时间浪费在胡思乱想上，就像我，在过往的荒芜走廊上出神。也许应该去上课学习法语，或者随便学点别的什么。可是我，我从来不认为有必要去摇晃我的身体或者思想……而阿伊莎，她就不同。像个男人：坚强又勤奋。她三十岁。三年没有见过她丈夫，战争一开始他就一直被监禁在巴伯路斯监狱。不满足于干家务活，她就自学。现在，仅仅跟阿芙萨学了几个月法语，已经不用奥马尔为她念她丈夫偶尔的来信了。她可以独自看懂。有时我都不禁有点嫉妒她了。

"阿芙萨，"她说，"我妹妹该去跟那些女士打招呼了。你和她一起进去吧。"

可是阿芙萨不愿意。阿伊莎坚持着，我在一旁观看她们的礼让游戏。

"他们知不知道会有人来搬尸体？"我问道。

"什么？你刚才没听见诵经吗？"阿妮莎问。

"原来是因为这个哭声才停了一会儿，"我说，"真奇怪，一旦有人诵读《古兰经》的诗文，女人们马上就停止了哭泣。虽然，那其实是最痛苦的时刻，我是知道的。只要尸体在那儿，在你们面前，似乎孩子还没有完全死去，还不能死去，不是吗？……然后男人们站起来，把他用床单包着，扛在肩上。他就这样离去，很快，像他来的那天一样……在我看来,愿真主宽恕我,他们念诵《古兰经》是多此一举,房子是空的,在他们离开以后,空空荡荡……"

阿芙萨听着,脑袋侧往窗户那边。她哆嗦着转向我。我觉得她看上去比阿妮莎更年轻。

"天啊,"她用激动的声音说,"我满二十岁了可我从来不曾遇见死亡。这辈子从来没有!"

"在这场战争中你没失去任何亲人吗?"阿妮莎问道。

"有的,"她说,"可是消息总是通过信件传来。而通过信件传达的死讯,你们知道,我不相信。我有一个表兄是第一批在巴伯路斯被处决的。不过,我从没为他哭过,因为我无法相信他已经死了。他就像我的亲哥哥一样,我发誓。但我就是不能相信他死了,你们明白吗?"她的声音中已饱含泪水。

"为理想而献身的人不是真的死去!"阿妮莎突然自豪地回答。

"还是想想现在吧! 想想今天,"阿伊莎生硬地说,"其他的事都在安拉掌握之中。"

她们一共三个人:一位年长的老妇人应该是提亲者的母亲,她一见到我,马上戴上眼镜;另外两个女人,并排坐着,长相相似。阿芙萨跟在我后面进来,坐在我旁边。我低下眼睛。

我知道该扮演的角色，因为以前扮演过；就这样默不作声，低垂眼帘，耐心地任自己被审视直到最后：很简单。一切都很简单，过去，对一个将被嫁出去的女孩来说。

母亲说着什么。我几乎没在听。我太了解她们要讨论的主题了：母亲说起我们做难民的悲惨生活状况；接着，相互交换意见好知道几时可以结束："又一个要在远离家乡的地方度过的斋月……也许是最后一个了……也许吧，如果真主愿意！的确去年我们说过同样的话，还有前年……别抱怨太多……不管怎么说一定会胜利的，我们所有的男人都这么说。我们嘛，我们就知道回去的日子总会到来的……我们该想想留在那儿的人……该想想在受苦的百姓……阿尔及利亚人是受真主关爱的……我们的战士坚强有力……"接着她们的话题又回到逃亡经历上，说各自用不同的方法离开战火纷飞的家园……然后又谈到流亡的悲苦，心中因思念故乡而倍感煎熬……以及害怕在远离故土的地方死去……还有……愿真主开恩，行行好吧！

这一次持续的时间比较长一些；一个小时或者更久。直到有人送来咖啡。我还是没在听。我也在思考，不过是以我的方式，思考这次流亡还有这些灰暗的日子。

我想一切都已改变，我第一次订婚那天，我们聚集在自己家明亮的长形客厅里，在阿尔及尔的山坡上；我们喜气洋洋，欢乐而安详；父亲笑着，感谢真主的眷顾……而我，我不像今天这个样子，灰色、暗淡的灵魂，还有对死亡的想法，从上午就开始在心里微弱地抽动……是的，我想到一切都改变了，然而，从某种意义上来说，一切依然是原样。人们还在为我的婚事操心。为什么呢？我突然问自己。为什么呢？我反复问，心里带着怒火，或是它的回声。为了无论和平或战争时期都不会改变的忧虑，为了半夜醒来问自己和我躺在一起的男人心里到底在想什么……为了生儿育女，为了哭泣，因为对一个女人来说生命从来不是独自到来，死亡永远追随其后，悄悄的，飞快的，对母亲们微笑……是的，为什么呢？我问自己。

这时咖啡已经倒好。母亲请大家饮用。

"我们一口也不会喝，"年长的那位先开口，"除非您答应您女儿的婚事。"

"对，"另一个说，"我弟弟交代我们如果您不答应把她嫁给他，我们就不再来了。"

我听见母亲避免正面回答，假意请她们原谅并再次邀请她们喝咖啡。阿伊莎也帮她说话。女人们坚持她们的请求……一切都按部就班地进行。

这套把戏又持续了几分钟。母亲提出需要征求父亲的同意：

"我呢，我是同意把她嫁到你们家的……我知道你们是好人家……不过还要问问她父亲。"

"她父亲已经对我哥哥说同意了,"两个长相相似的女人中的一个说,"现在问题的关键在我们。"

"是呀,"第二个说,"现在是我们说了算。就把事情定了吧。"

我抬起头;我想,就是在这时候,遇上了阿芙萨的目光。只是,在她眼睛深处,有一种奇特的神情,或许是出于兴趣也或许是讽刺,我不知道,但是感觉阿芙萨既古怪,又聚精会神并且好奇,然而那么陌生! 我遇上了这目光。

"我不想结婚。"我说。"我不想结婚。"我几乎喊出来。

房间里顿时骚动起来:母亲直起身子叹了口气,我看见阿伊莎涨红了脸。而两位客人,大吃一惊之下,一起缓缓地朝我转过身来:

"因为什么呢?"其中一个问我。

"我儿子,"年老的那位提高了声调说,"我儿子是个科学家! 他过几天就要去东方了。"

"当然了!"可怜的母亲赶忙答道,"我们知道他是学者。出名的老实人……肯定的!"

"不是因为你儿子,"我说,"只是我不想结婚。我看见未来在我眼前一片黑暗。我不知该如何解释,这或许是神的旨意……可是未来在我眼前一片黑暗！"我反复说着哽咽起来，阿伊莎静静地扶我出去。

后来，还有什么必要讲后面发生的事呢，除了我因羞愧而枯萎了，尽管我不明白为什么。只有阿芙萨留在我身边，在女人们走后。

"你订婚了。"她忧伤地说。"你母亲已经答应把你嫁过去。你会接受吗？"她看我的眼睛里有恳求的神情。

"无所谓！"我说，事实上我心里想的的确是：无所谓！"我不知道自己刚才怎么了。可是她们谈的都是眼前，生活的改变，它的不幸。而我，我问自己：在远离故乡的地方这样忍受痛苦究竟有什么意义，如果我必须，像从前在阿尔及尔的时候那样，始终坐着，始终在演戏……或许当生活改变，与之相关的一切也会改变，一切的一切！我在想这一切，"我说，"可我甚至不知道这是好还是坏……你这么聪明，又知道一切，或许你会明白。"

"我明白！"她说话时带着一丝犹豫，仿佛正要开口，紧接着又不想说了。

"把窗户打开，"我说，"天要黑了。"

她去开窗然后回到我的床边，我躺在床上哭，没来由的，因为羞愧，也因为疲倦。随后的寂静里，我注视着远方，夜晚渐渐占据了整个房间。厨房里姐妹们的声音像是从别处传来的。

阿芙萨开口了：

"你父亲，"她说，"有一次谈到流亡，我们现在的流亡，他说，哦！我记得很清楚，因为没有人说话像你父亲，他说：'有真主关爱的人无所谓流亡。与真主同行的人也无所谓流亡。有的只是考验！'"

她继续说着，可我忘了她后面所说的话，只记得她用特别热情的语调频繁地提到"我们"。她说这个词的时候带有一种特别的能量，以至于到最后，我心里不禁想，"我们"这个词是不是单单指我们两个人，而不是指其他女人，我们家乡所有的女人。

说实话，即便我知道了，我又能如何回答？我觉得阿芙萨太有学问了。我就想告诉她这个，当她停下来，可能在等待我的回答时。

可是回答她的是另一个声音，女人的声音，从窗外传来，清脆地响起，像射向天空的箭，越飞越高，越飞越远，像雨后的鸟儿翱翔天际，然后陡然坠落。

"其他女人都不说话了，"我说，"只有母亲还在哭……生活就是这样，"我停顿片刻后说，"有人忘却，有人只是昏睡。还有人总是撞上往事的泥墙。愿真主可怜可怜他们吧！"

"他们才是真正的流亡者。"阿芙萨说。

突尼斯城，一九五九年三月

死人说话

向我的外祖母拉·法特玛·萨拉乌依
致以死后的敬意

一

在姨婆的葬礼上，众人相谈甚欢。阿伊莎在一旁看着。她没来。大家当她没来。因为她脸色苍白，目光呆滞，令大家觉得微不足道。下垂的肩膀，已经枯萎的身体，在浅色长袍下摆动。这些年来始终穿的同一件长袍，没有明确的颜色。女宾客们——充满好奇，白色头纱顺着乌黑的长发垂下，在颈后收紧——她们涌进这幢宽敞的住所。坐在那儿，阿伊莎看着。

阿伊莎，意思是开放的花朵，不知从几时起成了破碎的花瓣，凋谢了。在这场战争里，没有人计算日子和年月。战前的时光仿佛被吞噬了，记忆本身已消亡。

这些年变化更大，就算处女们也充分成长（楚楚动人的笑容和经常涂红的眼皮，她们的脸颊，不经意绽放如黎明般的光芒，女性的身体丰满圆润……）。至于男孩，接近青春期，不再需要母亲替他们操心"……欢喜，谁能让他们欢喜，是崇山峻岭，还是夜间突击队，一把可能开火的滑膛枪……"

起伏的浪潮将一切烙上苦涩的印记，对某些女人来说是无可救药的。

在姨婆的葬礼上，众人相谈甚欢。

阿伊莎，直接蹲在地上。两步远的地方，死者躺在纯洁的白布下。随处可见白色的羊毛和丝绸，间或有乌黑发亮的头发，红扑扑的脸。一个女人优雅地吸了口气。屋子里热得让人喘不过气来。

阿伊莎看着。她的眼睛几乎没有睫毛，因为夜里常流泪。她没有哭。时不时擤擤鼻涕。她四周的白头巾们满心好奇。更剧烈的疼痛，就像每一次打开房门让其他人进来，为了部落里的一场丧礼或是婚礼。

阿伊莎重新抬起头。部落？那是从前了。在战争时期，姨婆如同橡树般矗立在暴风雨中。过去五年里，她们俩结伴，像无声的影子，穿行在资产阶级出没的场所。最初，沿着装着玻璃窗的露台，阿伊莎的儿子一路小跑，跟在阿达后面，今天逝去的人。然后他蜷缩在床垫中央,就在这间卧室。两个孤独的女人,一个孩子。寂静。

"五年的沉默,我,我说……"

"小声点,她在听我们说话!"

"好像她不知道似的,可怜的人,五年的等待让这老人没了命。"

"小声点吧,我跟你说……阿伊莎……"

"他呢?"

"他?"

"他几时来的?"

"对面的女邻居,从窗户窥探……"

"看见什么?"

"看见他第一次进来! 耶玛·阿达当时还没死……"

"她真幸运!"

阿伊莎在出神。女宾客们闲聊着。一连串的地点引起她的回忆,同样的人还在那里,在这些时间的仪式上。不变的画面,仿佛在她目光注视下静止:因失血过多而全身无力的产妇躺在床上,身旁被祝福围绕的新生婴儿咿咿呀呀——前一夜被送来的遭枪杀者的尸体,四周哭泣的女人忽然站得笔直,张着嘴想喊却喊不出来——

同样的咖啡矮桌和薄荷茶，还有同样的粗小麦粉蛋糕……

同样的这些女人，来到这里，念经，窃窃私语，一会儿向这人探过头去，一会儿转向另一个，生硬地偷偷整理头纱，布料在她们粗壮的大腿处起了褶皱。

可是到处，被战争颠覆的这些年里，伤痕累累，被堵住的嘴，发出压抑的呼喊，像暮色或是一个巨大的延长号般渐渐熄灭——惊恐暂停了，在吵吵嚷嚷的、由于这些女宾而略显躁动的背景下……阿伊莎，摇着头，试图驱散四处的流言，只努力记住无声的影像。

这一位，在那儿，远处阴影里，白色的面纱下面如满月。她的两个媳妇相互挨着坐下，气质端庄，眼神凝重。也都是寡妇。老婆婆亲眼看见，在自家屋子的小院里，茉莉花旁，火把底下，她五十岁的丈夫和两个儿子摔下来。她丈夫，像只安静而健壮的狮子，儿子们也是堂堂男子汉，是她以为保障她老年生活的依靠。去年冬天，她在同一个晚上为他们操办了婚礼，在唱诗班的伴唱中……

三个男人被打死，在同一天夜里。整个部落都暴怒了，在马耳他头领的儿子带领下，

内院走廊的大门拍打着，

武器和乱哄哄的队伍发出沉闷的声响，

煤油灯投出的散碎光线，

部落冲进城里。蔓延开来……

女人们的房间。墙上的影子映出举起的裸露的手臂，紧握在一起。撕心裂肺的哭喊久久不息。

这一位，在那头，远处，圆脸，今天几乎是平静的。她哑了两年了。只在重要的场合现身，他人的丧礼，别的家庭的焦虑。两年。今天，她又来了。她开口了。阿伊莎看见她说话。当然，她没有笑。痛苦像丝覆盖了她脸部的轮廓，摩擦了眼角。她伸长了脖子去听，而她的回答只是只言片语。

两个媳妇，在她之后，摸了摸面纱下玫瑰色的脸颊。把湿漉漉的额头上的头巾扎紧，或是下巴底下的头巾。目光变得柔和。

四周还有其他女人。阿伊莎认得她们。她们留意别人的生活和命运。是些长舌妇。倒是从来不恶言诽谤。只因怕被人追究责任。

或许也因为担心言语、语调、唉声叹气的后果被扩大，令人满怀希望或者惊恐万分。

所有沉闷的心悸，被谣言包围，悬挂的泪水那么无力。不断重复的客套语。陈旧的词语为的是找到一条出路。"……女人的窃窃私语有暗藏的原因，谁——哦仁慈的真主啊——谁能为你解开谜团？……"

阿伊莎游离在嘈杂之外。而她的目光缓缓地在每一张脸上巡视。从每一群人那里感到喧闹的骚动。

而我，陪伴形形色色的死者，他们或刚刚离世或已被淹没在石头下的泥沙里，我是真正的裹尸布，尸体或被洗得干干净净或散发着油膏和香料的臭味，我么，可谓疑问的灵魂，总在不停地躲避，寻找，或等待，我声称自己是窒息夹层，最后那道太过真实的面具，因为我要重建全新的，毫不含糊的，最初的不相关联，出于传统习俗，一具冰冷的尸体周围聚集了许多目击者，这样的场合总有我的身影，目击者们已经很健忘，已经背弃信仰可在心里掂量他们共同的忘却，我，听不见他们的声音，我细心地重建距离，我重新估算关系的价值。

阿伊莎一动不动待在那儿，忽然觉得画面变得不真实。几个城里女人摇着战前式样的扇子。她们坐在那儿。卖弄风情。

房间正中央，停放着尸体。死者的床单几乎擦到阿伊莎交叉的膝盖。它勾勒出死者头部的形状，接着在身体腹部略微拱起（姨婆，高高的个子，瘦骨嶙峋，一直受吞气症的折磨）。最后，在脚的位置形成两个突起。

耶玛·阿达，被缩小成一具浮雕。

"多少次了，唉……"

"她站在我面前,最后一次……我看见她,不幸的人!我……"

"别发抖! 读,快拼读真主的名字……"

多少次,每天晚上,阿伊莎为那身体两侧和脚披上另一条床单……不在这儿! 不在房间中央……阿伊莎,蹲着身子,向后退。"忘掉女访客们,扑灭她们的声浪,站起来!"

站起来,哦是的,尽管看上去不肯定。裸露的肩膀,颤抖的身体。跨过这些蹲着的身体。这些驯服的身体……以同样的方式去把床单盖在睡着的姨婆身上。

"最后一次……"

"我儿子大清早把我叫醒:'耶玛死了!'他的声音都嘶哑了。可怜的孩子,人们会以为他失去的是他的亲祖母呢……"

"老天保佑他!"

耶玛睡着了,不是吗。阿伊莎固执地想。如果她听见我的声音,一定会伸手去摸被布包着的脸。同样的对话,过去每天临睡前总要出现。

"你说,"阿达问道,"小家伙休息了吗?"

带着疲倦的皱纹,她用祈福来表示感谢。

"他睡了,耶玛!"

"这男孩,他会成为你的希望! 可别忘了,我告诉你!"

"真主听见你说的了,耶玛·阿达!"

这番每天进行的谈话宣告黄昏的结束。

是的,要摆脱无聊的闲谈。忘记来访的女宾。只几个动作:掀起这床单,像昨天一样将它重新铺好。"昨天又回来了,我听到了。耶玛·阿达还在为小家伙操心,替他的未来着想。她向我保证他的前途一定光明……但愿真主能听见! 哦你们这些女人,你们怎会知道!"

阿伊莎坐着。耶玛再也不会说话了。小家伙……阿伊莎的儿子,"被离弃的阿伊莎",她能想象城中的长舌妇的嘴脸:"一个孤儿,其实是个私生子,他父亲不认识他也不想要他!"

阿伊莎,刚刚成为母亲,只有阿达给了她坚强的信心。她,一位远房阿姨。一个冬天的早晨,阿伊莎站在门口,手里拎着行李箱,怀里是五个月大的婴孩:

"你是唯一和我母亲血脉相连的人! ……"

"快进来,我的孩子,是我给你打电话的!"

从那以后,被离弃的阿伊莎,这样过了五年。

房间正中央,停放着尸体。床单突出了肚子的拱起。大大的房间尽头,另一块布遮住了樱桃木大衣橱的镜子。几张垫子被包成灰色。到处都是聚集在一起的女人的身体,像一团团被粘住的燕子。地上铺着五颜六色的板,仿佛奥雷斯地毯再现。门外,红色的石板上，散乱摆放着许多黑色女式拖鞋。因为年长的妇女进来时都脱鞋。掀开面纱露出脸。接着，只要在两个屁股中间找到位置，她们便开始哀叹。

最后到来的一位十分困难地挤进来。几张面纱晃动起来，有几个人低声跟她打招呼。她缓慢地前进。走到静坐的一堆人附近，她俯下身。阿伊莎，突然，打起了精神。

有一秒钟的安静。所有的头都侧了过来。大家都全神贯注。喧哗声缓慢柔和地偏移了主题，像一晃而过的小船。在房间中央，那女子，用戴着婚戒的手，掀开床单。

阿达的脸露了出来：眼皮深陷在眼眶里，挺拔的鼻子长长的线条，蜡把什么都变白了。过了片刻。"喊吧，带着自由的手臂心碎地逃离吧，摆脱一切——面纱和身体的皮肤——在这惊恐中，打翻表面的宁静。"

阿伊莎一动不动地，看着。没有人知道。知道什么呢，孩子……

"阿桑……他叫阿桑。"把小男孩带回母亲身边的女人低声说道。

"'阿桑'，是耶玛·阿达给他起的名字吗？"

"其实，他的名字是阿米尼；从他进了她家门，老太太就喊他阿桑。"

"她以为她的外孙死了？"

"不……五年没消息，可她还是不死心！"

"看！……阿伊莎……她儿子在她脚边，她没动！"

孩子——"俊美又强壮"，温和地向一位不认识的女人致意，身边的阿伊莎面无表情——他是一个安静的，简直过分安静的小男孩。眼睛炯炯有神，带着一份令人不安的沉重，一种漫不经心的幽怨。那凸起的、执拗的额头来自父亲，这个"急性子"早从城里消失，现在大家都说他死了，做了山里的英雄或是扮成了叛徒，谁知道呢……

孩子不说话。显得心里很踏实。从睡梦中迷迷糊糊惊醒，没哭。他从来不哭。从不！阿达住所的安静渗进了他骨子里，房子太大，叙利亚的家具，现代的厨房，一流的摆设，期待着迟迟不归的继承人。

孩子……

"阿米尼！"阿伊莎叫道。

他抬起眼睛。

"你不饿吗？"

他没回答。盯着鼓起的床单。

"耶玛睡着了，我亲爱的，我的心肝！"

阿米尼转向他安静的母亲。昨天，一个男人也来到这里。阿桑。一个一直以来都住在这里的名字。

没有英雄式的制服。孩子有些失望。一个平凡的人，只比早晨卖牛奶的人高一点点，和每个星期五来的佃户相比稍微没那么僵硬……他溜进了房间。就是这里。

一个角落里，在这两个垫子上，耶玛。人们把她扶起来靠着墙角。两只耳朵被大枕头压扁了，一个长条鸭绒枕。蜡黄的脸靠近石灰白墙。眼睛大大的可是没有了神采。巨大的鼻子，面部瘫痪了。

男子掀起门帘的时候低下肩膀。走了几步，然后停了下来。阿伊莎默默地用手指了指老人的方向。她嘟哝了句什么，孩子没听懂。她抓住他的肩膀，手指神经质地抓紧他。他们一起走了出去。

剩下没穿制服的男子和耶玛。画面凝固了。阿米尼仔细端详床单。他明白吗？ 阿伊莎思忖着，将他搂在身边。

"这是她仅有的一切了！"门槛边一个女邻居嘀咕着，无意中看见了阿伊莎的这个动作。

"人家的儿子平安从山里回来了！ ……对她来说是个表兄弟，总之是兄弟！"

"今时今日，家庭还作数吗？"

"战斗呢，又是为了什么？ 为了让我们的鲜血延续？ ……你昨天没听到广场上的演讲吗？ '我们都是兄弟！'"

"的确如此，好姐姐，你说的一点没错！ ……该让男人们也听一听这些话！"

"要我说，"另一个女人叹气道，"独立这八天以来，见到胜利曙光的那个人才幸运呢！"

"阿达，在真主的示意下，这些天里最后张开了一次眼睛呢！"

"从窗户窥探的女邻居……"前面那位又说。

"让她们说吧，唠叨吧……"阿伊莎心中道，手搭在小男孩纤弱的肩膀上，"谁能告诉我明天会怎样？"

她心里又响起反复出现的句子，在那儿，面对所有城里的女人，她们，这些年在烧焦的、充满希望而矗立的山下，组成令人震惊或激动的合诵团，当人们在寻找某次爆炸的始作俑者时，她们，戴着被风吹起的面纱，疾步穿行在小巷里，她们关上幽暗走廊的门，她们，气喘吁吁地，耳朵贴在木头上，听出士兵有节奏的脚步声。

她们的命运始终是充当城市的耳朵和低语，职责就是蹲在夜晚回家的丈夫脚下为他们脱鞋，而丈夫们，他们中的大部分，需要脱去的只是苦恼；她们的未来就是承认忽然变得坚定的青少年无意识的原因（"我的儿子……我的心肝宝贝……我的心头肉啊！"）

所有女人，今天都挤着坐在一起，以同样的姿势，在同样的交谈中，相信自己在严肃地陪伴死者，遗憾地谈起她，缅怀她，给她送葬。人们给死人送葬的时候,仿佛死者不会继续活在某个地方……哪里呢?

阿伊莎心里又响起反复出现的句子。一句出人意料的话。句中的词语深深地感动了她。她感到有些害怕。"我没有戒律也没有主人……"那句话是这样开始的。

"我没有戒律也没有主人。"她接着说。她把词分拆开来。等待。理解它令人惊恐和不安。

她接着含糊地开始念祷文:"安拉是唯一的神,穆罕默德……"

"安拉是唯一的神而穆罕默德是他的先知!"一个深沉的声音响起,一位盲人老太太站了起来。

她是城里的歌者,和阿达同龄。她的嗓子,有时沙哑,保持了一种洪亮的音色,不论小孩或是大人长年以来对此都很熟悉了。她像阿拉伯的皮提亚[①]一般,层层的头纱将她身形放大了不少。圣诗的调子一起,她就仿佛成了所有人的母亲,所有剪脐带仪式上有她的演唱,所有新生儿出世的第七天都会响起她的歌声,人死后第四十天有她放声悲歌,每个新婚之夜,她轻声吟唱短促的、特别的、

---

① 皮提亚:古希腊神话中的女祭司,在睡眠中能够预知未来。

沾染了处女鲜血的哀怨曲调，那是慌乱的惊恐，最终安静地顺从减轻了痛苦……

那是所有默默无言的母亲们的声音，望着子孙后代的不幸无能为力……这就是城里的盲人老太，从前供宫廷差遣。然后她可笑的女祭司，用柔和的女低音，提醒哪些是给死人的，谁……

"阿达，你教我心痛，你是全体母亲的榜样！"

"安拉是唯一的神……"几个老妇人又齐声朗诵起来，盲人老太继续即兴发挥：

"阿达，睁大眼睛看那屠杀后的微笑！"

集体朗诵再次提高了音量。盲人老太，受到鼓舞，戏剧性地朝天空伸出瘦骨嶙峋的双臂。

"……穆罕默德是他的先知！"众人的朗诵停止，这时一个青少年的声音响起。

"阿达，泉边的小鹿又回来了！"

所有人，在阿达四周，现在都唱起了经文。阿伊莎，闭着嘴唇，突然听到她儿子纤弱的声音哼出几个片段："……是唯一的神！"

洪亮的声音，屏气停了两倍的时间，此刻再次响起，起调越来越高。阿伊莎始终呆站在那里，眼睛盯着其他人模糊的脸，她在等待下文。盲人的嗓音达到顶峰时，会爆发出一声令人撕心裂肺的长长的尖叫。积累已久的一切恐怖歌声就此戛然而止。几个有经验的女人在即兴创作的时候已经表达了对盲人的各种看法,认为她"状态很好"地为她的同龄伙伴哭了一场。

歌手展开了宣叙调。只有她不称死者"耶玛"。唱阿拉伯式的慢歌时,阿伊莎越来越沉默。

"阿达,凯旋者身上流着你的血,就像从前你的亲属带领着骑兵!"

全体连祷的声音越来越弱。不是参加者感到疲累,而是盲人加快了节奏。她一动不动,手臂放在身后做抒情沉思状。红色头发上的头饰滑落了一半,棕色的脸,眼睛瘪塌,下颌很大。她忽然神经质地晃了一下。

她打断交替合唱,不等应答轮唱的颂歌了。仿佛灵感成了良种牝马,她驾驭得很痛苦。

"阿达。"音调过于尖锐,声音唱破了变得嘶哑。

"抽噎,已经到抽噎了吗?……"阿伊莎心里哀怨地想。

被情感美学所征服,她总算开始哭了。

"阿达,"歌者又唱起来,声音略低了些,"为我们指明超脱的神圣道路吧!……沉默不语的阿达,跟我们说说话吧!"

她突然高喊一声。痉挛性的,长而无力。像一段被更激烈的副旋律完全淹没的汩汩水声:传统的祈祷,先知的名字,心灵的骚动……

"她最后说了什么?"圆脸女人身边的两个年轻寡妇中的一个问道。

盲人老太,像个演说家般站得笔直,一声不吭,颤抖着,没有一丝摆动。接着她在死者脚边坐下,两手放在床单两侧,像尊丧礼雕像,火红的头发完全披散开来。

默默淌着眼泪,阿伊莎转向向她提问的女人。手臂仍然紧紧环抱着她那一动不动的孩子。她笑着,尽管挂满泪水的脸,从未如此狼狈,但线条却那般柔和。

"她说,"怀里搂着儿子,她半立起身,"她说,"她继续道,"哦,耶玛,和我说说话吧!"

"发生了什么事?"角落里一个陌生女人问道。

"阿伊莎……最后,她哭了,可怜的人!"

众人一片同情。

"愿真主减轻她的苦痛……"

"孤儿,可比寡妇还要不幸呢!不是说:'你,我母亲的孤儿,你的痛苦呻吟永无尽头!'"

在她的位子上,支撑着瘦弱的身躯,阿米尼的重量都在她手臂上,阿伊莎默默地唱起了哀歌。孩子气的,绝望的哀怨。

她摇晃着脑袋:

"耶玛·阿达你丢下了我们,和我们说说话,和我说说话吧!"

"安拉是唯一的神!"过热的房间尽头,安慰人的赞美歌还在唱着。

阿伊莎瘦削脸庞上的泪水不住地流淌。阿伊莎这个名字,意思是盛开的花朵,花朵最终只能变成碎屑,凋零……

短句——母亲和孩子做出神圣的姿态——再次响起,痛苦降低了许多。阿伊莎感到一阵剧烈头痛……

可是什么,词语,与盲人老太口中的词语毫无关系的,几乎有失体面的,与祈祷词毫不协调的词语,此起彼伏地在重新热闹起来的房间里响起——七月早晨喧闹的葬礼,高温腐坏了死者的尸体。

阿伊莎听见自己说着令人吃惊的话:她已经不再看其他人了。她让步了,她也跟着他们虚情假意地哭哭啼啼起来,她和怀里的孤儿。

怎么躲过生硬的那句:"我没有律法也没有主人!"……阿达,姨婆,她曾经是主人吗? ……像一艘搁浅许久的船。

"只有你,有着我母亲的面容,她的血……"这是这个被离弃的女人说的第一句话,在大门口。她这么说,更多地是不由自主,而不是出于奉承。

"我没有律法也没有主人!"什么律法? 除了不幸的律法,愈发难以根除的不幸，就算在这独立后的最初几天里……

"阿桑，昨天回来了！"那位长舌妇第三次咕哝道。

她背朝着死者的侧面端坐着，恰好在阿伊莎对面。为了在肥胖的下巴上发出前颚擦辅音，她把头略微向左向右地转动着。

屋外，一条流言充斥了小院。

"读《古兰经》的！"一个孩子的声音，从走廊里发出。屋内，混杂了各种声音的噪音渐渐减弱。

"星期五为耶玛·阿达举行祈祷，幸福的人啊！"一个女人几乎是欢快地嚷道。"祝福耶玛·阿达！"

其他人叽叽喳喳地四处嚷开来。最年轻的站了起来。其他人的面纱也沙沙作响。好几条揉皱的手帕掉落在厚厚的奥雷斯地毯上。

每个女人都迫切想知道读《古兰经》的人何时开始，当男人们进屋来抬尸体，当……

"大家都出去，必须清空房间！"

"除了年长的女人。她们只要遮住自己的头和肩膀！"

在纷乱的等待中，尽管要执行新的疏散，床单下并没有任何动作。平躺着的形状，既没有颤抖，也没有不耐烦。被裹尸布盖住的脸没有一丝惊跳。阿达，真的像石头般纹丝不动。

她被洗得很干净。穿了层层白衣。全新的衣物一尘不染，如传统要求的一般。

有着漂亮鼻子，眼睛阖上了的阿达，等待着。

进来四个男人，其中一个是阿桑。他刚刚经历过五年的战斗，神秘的动荡，才来到这一虔诚的时刻。看见尸体。他起初犹豫了片刻，半躬着身子，用两手抬起老太太的头。然而眼神漠然，没有流露出感情。

"阿米尼！……"阿伊莎叫道，她是最后一个离开位子的。

年轻的女人都躲到旁边的其他房间里。好奇的目光透过对着院子的百叶窗向外张望。

阿伊莎裹着毯子把自己弄得很暖和。她退后几步。发现自己被一群老太太挤在中间。旁边，盲人老太腼腆地将绿丝巾裹在乱蓬蓬的头上。

"四个男人！只有阿桑抬着老太太的头，为了他，为了我……"

死者，孤独地，躺在空荡荡的房间中央。阿达审视地注视着一切。阿米尼断断续续、悲伤地哀哭起来。

男人们走进来，从侧面看像审判官。四个中的一个，穿着土耳其式的宽大裤子；最年长的那位面色黝黑，戴着肃穆的土耳其帽；

最后一个就是阿桑，笔直的肩膀，脸上没有表情。

阿伊莎不安地抚摸着阿米尼，他已经不唱歌了，黏着她。突然：

"我没有律法也没有主人"，从他嘴唇里低声哼出了一句。阿米尼以为她跟他说话，瘦弱的鹅蛋脸朝她转过来。

"可是为什么？……为什么？我感到厌恶呢？……"

这么说出来令人震惊，他晕沉沉的脑袋也弄不明白。

那四个男人出去了。房间的中央完全空了出来，仿佛失去了血色。

阿伊莎站起来，她忽然成了女主人，然而心不在焉。访客们原本要走，又坐了下来，像看演出时那样。

"阿伊莎，心不在焉？不！……"她们猛然回过神来，"她是弃妇！"

……某个机灵的处女前来窥探。即便身处其他女人中间也戴着头纱，好让人认不出她来。整张脸被包住了，只露出窥视的眼睛，形成敌视的三角形缺口。时不时地转来转去，生怕遗漏了任何细节……看热闹的年轻女人，动作缓慢，满怀心事，往往态度倨傲……女人扎堆的世界里，有一种间谍恐惧症，由此产生神秘的幻象。

"总有一位穷表妹出现！"

"丧礼上永远有一名弃妇!"

这些老生常谈、空洞的客套话不时从身边的女人口中传来。她们前来吊唁,之后离开。

"这么说我令人感到厌恶了?"阿伊莎挺直闷在长裙里的身体。把儿子托付给离她最近的年长妇人,举止得体地接受同情慰问,而身体靠在门框上……接着她走向厨房。

"饭菜……"

"有为客人准备的饭菜吗?"

"男人们嘛,当然没有! 你瞧,他们都待在外面……"

"阿桑说……,我听见他说的!"一个正要出去的女人插嘴说。

"什么,他说了什么?"好几个人七嘴八舌地问。

"'不用给城里来的人准备饭菜。'他就是这么说的。不过他坚持把一切都给穷人!"

"我刚刚看见两只羊被宰了。"

"耶玛的古斯古斯①,多出名啊! ……她自己磨的麦粉呢!就像天使借着她的手指做的一样……古斯古斯用在婚礼,或者葬礼上!"

---

① 古斯古斯:北非一种用麦粉团加佐料做的菜。

"他是这么说的呀……现在的男人啊!"

"为了穷人,"另一个女人反驳道,"这难道不是最重要的吗?"

阿伊莎把她们的议论抛在脑后……还有几个小时,甚至也许要一直到黄昏,一群群的女人才会散去:她们既没有孩子也没有高高在上的丈夫,都是些年老苍白的寡妇,现在像她们这样的人有那么多。

人们分给她们茴香面饼,在柳条托盘里堆得高高的。是阿伊莎前一天夜里亲手做的,隔壁家的两个年轻女孩给她做帮手。那时距离耶玛咽下最后一口气才三个小时。眼泪不停地流,然而是轻柔的。房子里静悄悄的;只有阿伊莎和年轻女孩们。最小的那个,在残酷的时刻到来时,像小狗嗅到生平第一次遇见的死人那样惊恐不安地尖叫起来。

阿伊莎离开姨妈的房间,去喊阿桑。可她的喉咙干哑,双手抖得利害。

"噢,姨妈的儿子!"

用阿拉伯语喊出来很自然。能减轻呼喊的绝望。

阿伊莎正要喊,这时传来年轻女孩的喧闹声——那是阿斯纳,十四岁,花样的身姿,石榴般的胸:

"谁能让她安静,能够预见她抑制不住的恐惧而后训诫她:'祈祷,祈祷吧,向安拉和他的先知祈祷!'……"

阿斯纳尖叫起来。像新生婴儿的肆意啼哭久久不止。阿伊莎,站在庭院中央,心里发慌,觉得不用喊了。二楼,阿桑出现了,从栏杆扶手上露出头,目光凝重。阿伊莎急促地打了个手势。

"哦,真主啊! ……"她呜咽起来,垂下脖子,猛地打了个冷战,回到死者屋里去。

坐在床垫边,眼神空洞,始终苍白的脸上泪水滑落下来。突然一阵温柔的思念,奇怪的被动情绪,涌上心头。阿桑拉开门帘的时候看见这一幕,甚至还来不及看阿达。

他走上前。死去的外祖母仍瞪着眼。他伸出手,垂下疲惫的双眼,坚定地把她张开的、像失音人一般的眼睛盖上。简洁的动作很优雅,是肌肤接触后延迟的温柔。

我,从第一秒开始,用皱巴巴的衣物裹住新鲜尸体有大理石花纹的皮肤,我,满怀梦想,轻轻关上冰冷身体里,一切的开口,我在最剧烈的痛苦和倾覆的沉重的缺席中设下越来越遥远的距离,我……我?

缥缈的声音,几乎没有被扭曲,小小的声音绝望地想穿过新的黑暗……我?

我，慌乱的目光能觉察一切诱惑，我，光芒尽失，撕裂的声音戛然而止，无奈既没有好奇的耳朵来听也没有窥探的眼睛来看……

我，年迈阿达看不见的裹尸布，她渗透在一切过往的失落情绪里，在一切衰退的希望中连续的受伤里，我，处在解脱了的耶玛的位置，我是没有记忆的证人，我注意到阿桑的走近，这浪荡的，被等待了五年的外孙。

面对比她年轻几岁的表弟，阿伊莎发现自己哭了。不紧不慢地掏出手帕，她擦了擦凹陷的脸颊，安静地擤了鼻涕，站起身。倒退出去，仿佛老太太还在看着她。

一个小时后，阿桑和阿伊莎开始交谈。这么多年来这还是第一次；年轻的女邻居们就在旁边，门帘后面。阿桑下达着指令。安排明天的事，声音缓缓的。他讲话有一种新口音，比城里的口音硬一些，像是从衣衫褴褛的流浪汉那里学来的。一种令人期待下文的口音。阿伊莎对他怀着辛酸的柔情。

在整整十年之后再次相逢，依然是那样的心绪纷乱。他令她为伊消得人憔悴。令她变得尖酸，充满仇恨，反叛。然后他消失了，她心里空荡荡的。这迫使她嫁人。最后也是最平庸的人选，若是从前，以她的高傲，必定断然拒绝。

"二十八岁了还没出嫁!"她接受了。她知道,甚至婚礼前就知道,她会成为弃妇。这是命中注定的。每个家庭里总有一个。更何况,在这个沿海城市最受尊敬的部落里——从前是海盗,小手工业者,后来成了杂货商或无业游民。

苦涩的婚礼。还是处女的身体却已然凋零,她曾经历过爱情——少年表弟逃到她家,如王子那般英俊,眯起了双眼,他不易察觉的微笑,神秘,或许温柔……丈夫,他,脾气犟得很。对她身体的要求越来越强烈。

"二十八岁还没嫁人!"她丈夫不屑地嚷着,眼里充满恨意,其实是无可奈何。

结婚刚刚八天。他冷笑着,朝她吐口水。阿伊莎原本躺在那儿,爬起来,把脸擦干净。动作利索地穿上衣服。想象自己,仿佛从黎明的一场梦中,骤然惊醒……

从这天起她执拗地拒绝他的要求。从那以后,他就肆无忌惮了;在自己家里,他弄进许多瓶装啤酒,气味难闻。信徒们奉行的禁酒令后来让这个满头卷发的家伙变得蛮横不逊,对着阿伊莎难以接近的身体无可奈何地发疯。

两个月后他离弃了她。她留在婆婆家,一个六十多岁的可怜老人,总是抱怨她的不幸。婆婆帮助她产下了孩子。

终于传来阿达的召唤;她派来一名信使:"夫妻离散不会比远

离自己亲骨肉的孤独更凄凉。"

"什么？……这一切……"阿伊莎回忆着，面前的阿桑，正用新口音，缓缓地对她说话。这一整段不幸的往事就这样由小小的决定，细微的动作，固执的拒绝拼凑了起来，像红土下流淌着的小溪。这故事有个起源。

"你！"她想着这个词，它是真正的礼物。"你！"还是这个词，像孤独的呼喊，在苍白的记忆中……"你！"

……第一次，阿伊莎，还不到二十岁。或许算不上美丽，但至少从容宁静，自有一份优雅。阿伊莎，板着的身子颤抖着，站在阿桑面前，他才十六岁，可俨然已是个男子汉。他在一次示威中手臂受了伤。躲到他们家（阿伊莎跟母亲生活在一起，母亲是朴实的人，穷困潦倒……）。他在躲避警察的追捕。在那里住了长长的三个月。

阿伊莎，因少年的俊美而困扰，希望在心中千回百转，无奈动弹不得——小伙子一躺几个小时，在乡下半明半暗的房间里，张着眼睛。阿伊莎绞着手指反复说着："你！"

十年过去了，这个词又回来了，希望也复苏了，然而……

这天夜里，阿伊莎在死者脚边，眼神空洞，泪水直流。沉浸在回忆中的女人……

"由你决定吧,我的表弟!"

她的声音很有礼貌(出于礼节,或许也因为不幸)。她向他请教,现在城里把他当成新英雄的领袖。

"两只羊就够了,我想……乞丐不再上门。物以类聚! 到了晚上,又好些……"

"至于明天晚上……中午就要起尸,在星期五的祷告之前!"

"由你决定!"她重复道,仿佛把不可能的过往重新活了一遍……

少年躲在他们家的那个季节,樱桃大丰收,薄荷长得前所未有的好,到了夜晚,啊! 夜晚……阿桑到外面去。披着一件褐色斗篷,掩盖身形,遮住脸;阿伊莎在家等他。半夜,他密谋结束,回来了。在隔板后面,阿伊莎听到旧床绷吱嘎作响,水罐的碰撞声,他端起罐子来解渴,然后把它放在窗台边,在种罗勒①的花坛和猩红色天竺葵的苗圃之间……

"你!"这个词因年轻的声音而饱满。睡梦深处埋藏着少女执着的呼喊……

"你!"她重复着,在距离死去的老人两步远的地方。她,被离弃的妇人,贫穷的表姐,枯萎的女人……啊! 每天都有流不尽

---

① 罗勒,一种植物,叶香如薄荷,用于调味。

的眼泪,不仅仅在葬礼上。

"他的声音多悲伤啊!"其中一位年轻女孩漫不经心地说道,她刚才在门帘后面听着。

"你这么觉得吗?"阿伊莎反问道,忽然有点固执。

她酸溜溜地说:

"他现在是山里来的英雄了,所有年轻姑娘都等着呢!"

接着她们开始准备烙饼。清洁尸体的女人和她的助手来了。守夜的《古兰经》诵经人一个小时后也就位了。黎明时分,开始清理场地,以迎接源源不断的女访客的到来。

姨婆下葬的时候,众人相谈甚欢。一个接一个的,中产阶级女人们离开了。葬礼上的膳食有专门的厨娘帮忙料理,阿伊莎就待在配膳室里出不来了。

一个负责提供备用食物的角落里,两只去了皮的粉红母羊被绑着脚吊在那儿。

太阳穴有些疼,头脑空空的,阿伊莎把袖子卷起来,她的手臂出奇的健壮。她帮厨娘仔细地把肉切碎。砂锅和瓦罐里渐渐散发出浓烈的香味,那是动物内脏的味道,香料在火上烤着……红辣椒在羊肉的油脂里跳动,那是阿达去年秋天,亲自晒干的辣椒。

"妈!"

昏昏沉沉睡了一觉后出了一身汗，又被噩梦惊醒，阿米尼出现了。额头湿漉漉的，向他母亲伸出手臂，母亲手握着小斧头，有条不紊地开始切第二头被宰的牲口。她抬起头，劳作和高温使她的脸色变得红润。砂锅里冒出的气味越来越香，精心烹饪着食物，阿伊莎忽然显得年轻。这让她霎时变得美丽。

"阿米尼！"她喃喃道……"你！"

晚上，老阿达已经下葬，在她的住所，古斯古斯和辣肉被装在篮子里，由成群包着头巾即将进入青春期的少男少女们负责发放。

他们分头把食物送去最贫穷街区的人家，在罗马剧场附近，就在山麓前。

二

快到中午了。七月的太阳。贯穿城市直达港口附近的大街上，缓缓行进着由男性组成的队伍。街道仍然可见前几天节日的痕迹。在一个通往广场的转角处，矗立着清真寺，在无数旗子的映衬下，耀眼夺目。

入口处，许多中年男子。沉着的面孔。自独立的这星期开始，他们的眼神更加锐利，对别人的好奇愈发不加掩饰。这些人是星期五祷告的忠实信徒，可是这一次，他们也为了阿达而来。

"老太太"，他们说。是虔诚信徒里最受尊敬的，这么长时间以来都坚持参加这项宗教活动。大家都记得她男人般的威严，在女性中的一言九鼎，甚至她在这场战争期间闷闷不乐的沉默。

阿桑回来（"他代表哪个地区，去参加今晚的政治集会？……他就不愿意当个简简单单的山里的战士吗？"……），老太太就走了。在老人里边，她是第一个走的，将席卷整个城市的狂热激情抛在身后。

虔诚教徒的座位。他们当中，在中间的是杂货商，有退休的邮递员，隐居城市的农场主，"本地"法律和行政部门的职员。二十多个胡须泛白，秃发的头顶戴着土耳其帽或蓝灰色的无边圆帽的男人。他们一边闲聊一边等着。

远处，姗姗来迟的，是送葬队伍。走在最前端的，是四个搬运者；托着死者的模板像在漂浮。

"她自己曾经多少次走在这条街上？"萨伊德心想，他是个佃户。

他扛着送葬板，紧跟在她孙儿的后面。所有护送尸体的人里，萨伊德，显然是唯一的山里人。瘦削的脸，大胡子垂下来，衣着与一般城里人无异，可是头巾与众不同——圆形的小山丘，由白色的头巾缠绕着，在颈背上方轻巧地打结。

萨伊德被大家所遗忘，所忽略。然而他却是唯一和阿达交谈过的男人，在这些年枯燥无味的生活中……

他每周五晚上从他的小村子进城来。到了从前他给马卸鞍、放掉小推车的地方，他就把小卡车丢下。去摩尔人浴室睡觉，二十年来他都选择同一个角落。早晨五点，牲畜市场一开市他已经到了。买卖结束，把各种商品包好，他就上老阿达家去，阿达在前庭一间房间里让人为他准备了午饭。

她在喝咖啡的时刻现身。感谢他前一天送来的包裹和产品。然后她听他讲收成，山里小村子的新闻——婚礼，葬礼，各种冲突……——接着……最近几年，除了麻木的恐惧，时常的屠杀，偶尔传来的附近战斗的声响，还有什么可说的呢？有好多个月，佃户都来不了，那是去年春天，整群家畜（二十五只羊，两只奶牛和一只小牛）都被烧光。法国军队包围了村子。萨伊德，刚从城里回来，几乎没法给女人们买糖、肥皂和一两卷布。最后一年，他只见过老阿达四五次。

然而已经足够让他预感到她时日无多。其实她自己也感觉到了：

"你见到我外孙，要跟他讲……"

"你见到我外孙，等我的日子到了，只要真主愿意，别忘了给他看……"

"至于隔壁我们表亲的分支,你要告诉我外孙官司还在上诉呢!……"

她的意思是"等我死后",无论萨伊德如何毕恭毕敬地表示异议("耶玛·阿达,你会亲自对他说的!……"),她仍是一如既往地固执。她继续叮嘱,说到有好几个她提出划分田地界线的诉讼都在进行,还有一些产业要跟表兄弟和侄儿们的子孙分割,这些产业几乎占据了整个村庄,过去阿达无疑是村子里位高权重的人。

她对官司的偏执,好当诉讼人的习惯,使得萨伊德成了她的亲信。最后几年,他甚至不敢告诉她花在这些诉讼上的费用已经超出了所争执土地本身的价值——这里十几英亩,那里一片橄榄园,一块石质坡地……,一面仙人掌篱笆……,一块更远的只稀稀落落长了一些扁豆和豌豆的地。

她毫不怀疑萨伊德令人赞赏的努力,他不断地向她提供储藏的大麦和小麦以应付冬天做古斯古斯的需要,宗教节日里为穷人准备的待宰的羊羔,最后秋天照例有成堆的干蔬菜,已经晒干的甜椒,随时可以放到储藏室挂起来的成串的大蒜和洋葱。这一切不仅仅是为了两个女人的生计,也是给庆典或丧礼准备的,这是展现乐善好施威望的场合。

"我会为了邻居们把它们拿出来!"阿达宣称。

"你们瞧!"年轻女佣说,"耶玛给你们送来了她的第一批收成！"

隔壁露台上，女人们向她道谢。耶玛的财富显然不是徒有虚名。

萨伊德把耶玛同时看做母亲——令人肃然起敬，又看做雇主——总是吹毛求疵——还看做……？看做"一个象征"，他心想，"城市的高贵象征"，因为她对宗教事务无所不知，对祖先习俗的审慎，以及她面对世俗财富的严苛。他能感觉到老太太有多么坚持这富贵的场面，尽管公众有许多的不幸和忧虑。仿佛这虚荣支撑着她对孙儿的等待。

"你要告诉我外孙……"

"是，耶玛，我听着呢！"

"是，耶玛，我保证！"

他答应着。她，在面纱下，手里攥着念珠，难以平静——而脸更干瘪更长了，鼻子显得更凸出。她坚定地相信外孙会回来，仿佛在山里，一切都被烧毁，除了她那苦苦等待的继承者。她几乎从未担心过自己会在和阿桑重逢以前死去。

清真寺出现在眼前。一大批守在广场上的忠实信徒走了进去；有几个，在院子里，脱下鞋子开始净手。

祷告大厅里，裹着金色饰布的柱子底下，大厅尽头已经挤满了祷告的信徒……萨伊德，用和前面的阿桑一样的肩膀和上身动作，在柱子的阴影里慢慢俯身把送葬板放在地上。周遭帮手们的低语听起来特别地轻柔。

他去到自己的位子，在第一排蹲着的忠实信徒身边。他又听到主持祷告的教长那纯净的、几乎是忧伤的声音，心里产生的愉快连他自己都吃惊。

"一年多了，"萨伊德一面含糊地念着古兰经的诗句一面想道，"是啊，我有一年多没到这里祷告了……上一次，还是为了一个葬礼：一个年轻男孩，被我第二个老婆的表弟失手打死的。"

萨伊德对宗教的虔敬，一点也不需要刺激物，甚至不需要每日实践。有一阵子，他曾经心血来潮地每天祷告——通常，是在斋月里：他的活动减缓，觉得自己变轻松了，他就经常去找村里的"酋长"，一位来自东方的学者，住在村子里教男孩们《古兰经》的基本知识……在封斋期的夜晚，还是学生的他聚集了成熟的、具有可靠品行的村民，大着胆子给他们讲解神圣的经文。

萨伊德跟玩纸牌和多米诺骨牌的人彻底决裂了。或许正是因为他频繁地正经拜访村里而引起了耶玛的重视。当然，在过去，他是反抗过法国行政官的。（那官员试图粗暴地建立法律，甚至连传统的侍从都不用。）

萨伊德只得离开。在城里，耶玛·阿达将他保护起来。第二年，行政官换了人，萨伊德怡然自得地回到了山里。的确，从这次流亡中，他带回了第二任妻子，第一任妻子没有流露出丝毫痛苦，只能将就着过下去……

萨伊德从此就得到老阿达的关注，她那时已经守寡，在一九四五年五月八日的流血运动中失去了唯一的儿子，他在示威时和三个同志一起被打死。

圆柱下的集体祷告结束了。一个活动令在场者兴奋起来。由"阿扎布"朗读《古兰经》。萨伊德，眼睛望着送葬板，认得冗长的宣叙调的几段引述。

他重新陷入对往昔的回忆：

他想到"夫人"这个词。其实，有几次星期六，喝咖啡的时候，他喊过她"Lalla"——哦，我的夫人！离开时，他微微鞠了个躬。将老人的手握在手里，他虔敬地亲吻它们。

阿达，笔直地坐着，穿着白衣，用同样的话祝福他，声音平静而漫不经心。萨伊德重新登上他那满载而归的小卡车。走在法国军队新修的道路上，他感觉自己完全被老太太的祝福所笼罩，甚至当他不得不在一处军事哨卡停下，一名军官上来检查车上的瓶瓶罐罐时，仍然这么觉得。

啊，过去的时光！失落的岁月……

这段归家的路途……回到村里，两个妻子在等他，各自站在住宅的一侧：年长的，是他不到二十岁时娶的表妹，她当时还不到十五，现在四十多岁了可依然艳光四射。她抚养着为他生的五个孩子（可惜只有一个男孩，最小的那个。）

第二任妻子，他在城里娶的一个黑白混血儿，住在果园另一头为她修建的房子里，露台爬满了葡萄树还有一株瘦弱的茉莉。他爱她七年如一日，尽管人们试图玷污她的声誉，"舞女"，他们这么叫她。其实，她是个孤儿，在城里一家意大利咖啡馆做侍女直到成年。萨伊德偶然认识了她，为她完美的身体而着迷；她，那样年轻的少女，平静地赏识这个佃户身上的可敬之处，尽管他的举止很土气。

萨伊德还记得做决定的那天：心如乱麻，他来征求耶玛的意见。他的第二次婚姻全凭她一句话了。

"一个诚实的穷人家的姑娘！"他提到混血儿的时候强调道。

耶玛·阿达，他也不知怎么回事，似乎已经知道了。她起初什么都没说。等他喝完咖啡。她一面沉思一面拨动念珠。她简短地问第一任妻子的反应如何。

"我和她谈过了！"萨伊德犹豫了一下回答说。接着放低声调："'真主为我家送来了五个要抚养的孩子！'她只答了这一句。"

"愿真主让她把你现在的脸留在她门口！"阿达反驳道，遇到这种情况,她仅仅提及《古兰经》里的公平原则。

萨伊德走出来时如释重负:诚然,关于年轻的新人,老太太没说一个字,那又如何,她也没有指责他呀。

接下来的星期六,佃户回到村里,带着混血女,她裹着硬直的新娘头纱。此后萨伊德有了其他孩子,在最初的那五个以外。

"不管家里有没有出事,生活还在继续!……"萨伊德叹息着站起身来,比同伴们晚了几秒钟。

他延迟的这几秒工夫,旁边一个陌生人抢步上前,站到他的位置上,和其他人一起,抬起了送葬板。

出口处,广场上组成的队伍里,萨伊德排在了第一行。

这时有一组送葬人散去——已经下午一点了,烈日当头,他们想尽早回去和家人一起吃饭,然后躺在垫子上睡午觉。

萨伊德处在队列的最前头,队伍收紧了一点,因为走上了一条更热闹的小巷。就这样抵达了公墓。

萨伊德掏出一条尺寸巨大的手帕。擦了擦额头和笨重的头巾的边缘。手伸到遮住后颈的头巾底下去擦。他像其他人一样走着;旁边一个老头声音颤抖地嘀嘀咕咕,不知在自言自语些什么。

现在他不用抬送葬板,他可以看见尸体缓慢地前进,被布包着一直到眼睛,木板有些倾斜因为小巷沿着山丘的坡度攀升。他此刻更强烈地感觉到老太太的存在。

她对他而言总是存在的。像一位阴郁的夫人；令人惶恐不安的目光：她从来不笑。她看人只一眼瞥过，目光仿佛能将人看穿，而后就恢复漠然。

她的声音，在她在谈话、对你说话的时候，没有任何情绪流露……身着白色衣物，大部分时候……萨伊德，还是孩子的时候，和村里所有的孩子一起去迎接她……耶玛·阿达骑着马来了，这些山里人知道她和他们同一家族，对她不得不尊敬。接下来几天，她接待众亲朋：表兄弟和姻亲族人，包括那些跟她打官司的人在内。

在他眼里，她像一只山里的老鹰，因为她瘦削而突出的鼻子，涂了黑眼圈的眼睛，双眼略有些过于分开，老实说就像鸟的眼睛。庄严的女骑手从城里大驾光临，春天来一次，还有一些重要的宗教节日也来，每个人都躬下身，对她行吻手礼。的确，通过她的前后两任丈夫（财产先是被保管，然后被几次分割），她所代表的难道不是一个一切权威都破灭了的家庭吗，这个家庭过去是个大地主，今天依然傲慢，面对外国统治者把所有羊群紧紧围在中间。

"两任丈夫"，萨伊德回忆着。他重复着他一直就知道的事，当年他太小，不记得她的丈夫们是如何的了。

他们是两个日耳曼表兄弟：和第一任结婚后她很快就守寡，因为他被刺杀了。他接待了一名路过的陌生人，依照村里的待客之道亲自为他准备午餐，在院子里，无花果树下，远离女人们的房间……来客饱餐之后，从背后向他开枪，然后穿过果园逃走了。人们始终不知道杀手的姓名，可是知道他的动机：阻挠一次重要的作证，为了城里的一场官司。

第一任丈夫的一个表弟第二年娶了年轻的寡妇，她当时已经有了一个儿子……然而，几年之后，阿达惊讶地，甚至可以说愤慨地发现：这第二任丈夫，相貌英俊不假，可他太喜欢隔壁村里的舞女了，大部分时候都在外面过夜。而她，被抛弃的妻子，她决定离开住到城里去。是的，一个孤独的女人并且还不到四十岁！……她的确享受这种分离。甚至获得了身体的分离。那丈夫，在奔走哀求后被村里人瞧不起，过起了放荡的生活，最后年纪轻轻的就死于结核病，整夜的歌舞和醉生梦死加剧了病情。

萨伊德朝四周扫了一眼。大部分居民都有四十多岁；和他一样，是受屈辱的一代……"被法国（他读"法兰西亚"，像念一个女人的名字）剥削、贩卖和搜刮的人。今天，地动山摇，风吹起旗帜淹没了大街小巷，植物胜利生长，所有的人，他们，我，我们不高明地隐藏我们的……"

他想找到贴切的词，发现自己的窘迫，回到平放的木板处，木板与他眼睛同高，挡住了视线。

"我们不习惯！"萨伊德嘟哝着跟随其他人走进同样满园春色的公墓。——"独立"，独立，只有他会为这个词而陶醉吗？

第二次成了寡妇，耶玛回到村里，重新掌管房屋：一所破旧的房子，挨着山丘，沿河是些果园。几个月以后，她成功地避免了遗产的分割……

寡妇戴的面纱，洁白的丝绸服装，总是这张鹰一般的面孔，深邃的、坚决的目光。从此，耶玛·阿达引起了村里人的注意，注意她的严肃，她闷闷不乐的忧伤。

人们从前奉行的信仰，受到阿达的影响。她取消了此前她的家族一直享有的特权和各种赐福售卖。相反地，每年亚布拉罕燔祭的纪念日，在她的命令和亲自督促下，宰杀二十多只羊群里最肥的羊。肉切成块作为赠品，送到最简陋的窝棚去……接下来的日子，人们在芦苇边的溪流里，清洗所有的羊皮，萨伊德还记得当时他孩童般的喜悦——光着身子蹚水，在齐腰的河里，肥皂的泡沫漂满水面……在这里，耶玛·阿达又出现了，仿佛最寻常的工作都变得高贵起来。她仔细环顾四周，只见村妇们包着头，光着臂膀，在山冈上唱歌……不期而至的轻松时光，阿达，阴郁的夫人，注视着这飘忽不定的快乐。

然后她返回城里。她在村里的住所沉寂下来，大门紧闭。只有果园，货棚和牲口由一位指派的人看管……萨伊德，当时还是个小伙子，终日游荡；山坡另一头，不远的地方，邻里间放肆的夜间闲谈得以继续。几个南方来的舞女又出现了,日落后手鼓再次敲起,就在黎明时洗衣女来洗衣服的地方。月亮对各种年龄的男人微笑,大约有三十几个;有一两次萨伊德也加入到他们之中。

恍惚的梦里,满是音乐和妓女:对于佃户萨伊德来说,年轻时的疯狂都被概括在这几个夜晚里了,他像个小偷,加入了放荡者的队伍。有几个人,他们的妻子知道他们来这些地方,还是村里出名的虔诚信徒……通常有五六个舞女,大多很年轻,个别虽徐娘半老,却极有风情,让他们神魂颠倒。为了赢得她们的欢心,男人们疯狂争抢……

萨伊德又想到耶玛·阿达,冷冰冰的,对他人的欢乐无动于衷。过去人们总说她的第二任丈夫(她从来不提)把钞票卷成雪茄,就这样华丽地烧掉他的财富,只为了虏获路过的妓女里最漂亮那位的芳心,在果园里过夜,第二天又出现在被他遗弃的家里,这样连续过了好几晚后,他进城哀求城里的女人,唯一的也是真正的主人,然而遭到拒绝。他的死是由于结核病,也是由于挥霍。所有人,从那以后,称他的遗孀"耶玛",因为寡居,也或许是因为孤独,她一下子变得严厉。过了一阵子,萨伊德为她效力。他感到光荣并且渴望得到最高荣誉,娶耶玛的女儿。他从未敢说出来:她被嫁给了一个城里的男人,死于分娩,那孩子,阿桑,由外祖母抚养。即便在那时候,萨伊德在阿达身上也没有看到一丝软弱。甚至没有因为年老而退却。像一座永恒的雕像,他就是这么看她的。

"我们都是卑微的人,顺从的人……"

他说的人里不包括阿达。今天,仿佛,人们在街道上走,扛的木板上承载的是这城市真实的过去……第一次,萨伊德,在说"城市"的时候,想到的不是一个陌生的地方。前一天晚上,他表达了他的愿望,在阿桑面前,他说要将遗体抬到山上去。"到我们村里,"他喃喃地道。阿桑仔细看着佃农的脸,对他的这个要求,以及它所展示的忠诚感到惊讶。

"埋在这里或那里……"他回答,"到处都是我们的土地,无论哪里……"

这年轻人懂得些什么?这细小的过去,从此将消散在云雾里。要知道一位七十岁的老妇人死了,她是这村里不可分离的成员,尽管村子已经有一半遭到了损毁……

"这是她想要的吗?你是不是知道一些关于她的什么事?"阿桑又问道。

老太太的声音再次浮现。佃农清楚地听到:"你要告诉他……你要告诉他……"

"死人会说话,我告诉你……"萨伊德心想,"可是如果她不对你说……你了解她吗,你知道在她干瘪的身体下,有颗狂野的心,一直在那儿……哦你呀,山里的英雄!"

萨伊德特别嘲讽地想到最后几个词。他随后马上责备自己。结结巴巴地回答阿桑的问题……两个男人之间的对话依然无法展开。"死人会说话",萨伊德控诉般地重复着;过往的年月似乎最终在他身后就此滑过——尸体再次被孤零零地放到地上。

队伍里的一个男人上前推开墓地的门。抬尸体的人重新扛起木板,后边的人乱哄哄地散开,涌到墓穴边,两侧土堆上的土还很新鲜。

萨伊德停下来,背靠孱弱的无花果树。他知道过去结束了,不仅仅是昨天的战争和纷乱,还有一种生活的辛辣味道,一种在外面弯下腰,坐在一位令人生畏的女士面前,在窝棚里呼吸的方式。开始埋了,我们埋的是谁,一个老太太? 我们埋的是忧伤还有高贵以及她一丝不苟的严厉。

佃农是第一个从墓地出来的人,几个城里的小资产阶级注意到了。接下来几天,他们还注意到继承人,阿桑,根本不认为自己是任何资产的继承者,他不要一点财产,也不要土地,唯有逝者的话,在他刚刚经历过的战乱中,只怕有太多的战友要埋葬。

三

墓地静悄悄的。送葬的人都走了,一些人独自走的,另一些结伴离开。阿桑，站在那里，等待挖墓穴的人完成工作。

神圣的工作，他认为；他甚至可以提议："兄弟，把铁锹给我，我也会干……我会！"

传统的重复的动作：男人或女人，在炉子前，肘部用力把面包塞进去，半瞎眼的老太太，抬着手臂，剪断产妇肚子上的脐带，中了致命一枪的男人躬着肩膀倒下，还有一锹一锹把土盖到即将腐烂的脸上的人，尸体的形状随着土落下而改变……

就在这一刻，不是刚才，墓穴还敞开着，反抗忽然扩大，蔓延……而人类，无论是谁，躺在这里，当他的兄弟开始这个残酷的动作——残酷却温柔（"……泥土覆盖，泥土分解肉体，泥土让尸虫出现，泥土……我的母亲！"）——这时，一种宁静笼罩住他，他时而被这宁静穿透，时而在宁静中变得更坚定。

阿桑让掘墓人走了。一些滑溜的钱币在这悲痛的男人手中。那是接受的祝福。终于独自站在老人面前。在五年的沉默之后。

"她死了，"阿桑怨恨地反复想。怜悯么？为什么呢……前一天晚上有一个机会可以见到活着的她，可他知道若是这样的话她等待的愿望会更加强烈……毕竟，五年了！

这几天，阿桑总在计算时间。别人已经替他算好了："七年"，就像人们在老生常谈的故事里说的："七年战争"，"百年战争"。这里所指的战争是确定的："解放战争"。对环境以及其他的解放，然而……

终于剩他独自一人，阿桑才意识到这场仪式从一早开始让他如此筋疲力尽；那么多的人，来来去去，不停说话，走来走去……为什么？……因为老人家睡下了吗？

"从前，在过去，"他激动得颤抖起来，"死亡才需要这么大的排场！"

小心翼翼地接待他，回答他，当他黝黑的脸一下子让房子暗淡下来，冲破家庭的网络，用细小的词语、集体的祷告、女人的叹息回答他。

"从前！……"他惊跳起来。在坟墓前背过身去。

年轻人——三十岁，气质忧郁，相貌普通，微微卷曲的头发已经灰白，身形有些矮胖——在死人的花园里走了几步：稀有的花卉，草在高温下都枯了，几棵干瘪的橄榄树还立在一个角落里；尤其在那边，一堵老墙边上，整个城市和港口的全景一览无余。视线尽头，是地中海。

阿桑认得这地方，在墙和一个圆顶之间原本似乎有一幢大型建筑，现在只剩废墟：他小时候藏身的地方，当他每周五陪耶玛·阿达来这里。她来给她女儿扫墓——小男孩远远离开坟墓，他一点也不喜欢听女人祷告和说话的调子，所有女人在死人坟前都是如此。

"到你母亲坟前去祷告！"陪外祖母来的一位女邻居责怪

他道。

小男孩转过身，跑回熟悉的角落去，在墙边，挨着有圆顶的那个建筑——据说，是上个世纪一位圣人的陵墓。

阿桑像从前一样靠在这面墙上，注视着小小的城市：被缩小了的景色，还保留着它从前质朴的美丽，中央的罗马竞技场像一只巨大的爆裂开的眼睛，红棕色的石头，像是在最近的一场灾难中变成了废墟。白色的小村落没有改变但似乎被一层新的气氛笼罩。码头上停了十几艘一动不动的小船和渔船，显得码头小了许多，远处的旧灯塔，垂垂老矣。

最近这些年来，所有的居民都反过来，往不毛之地的山上跑，从前山里人光着脚下山，背着装满仙人球和干蚕豆的筐子，从里面飘出一股新鲜的味道，赶走陈腐的过去，它们因城市的没落被堆积了太久。

"死亡笑盈盈地从山上下来，像这些地方一样轻盈，有着胜利的翅膀的死亡！……"

阿桑从墓地出来，关上门，像是这里的主人。他头也不回地走下布满石块的斜坡，通往临近的街区，它们是城里最差的街区。只在这时，他才想起关于外祖母的事：

"那个佃农，昨天……他想对我说什么，而我没给他机会说？……他比我更难过，这倒是真的！……他爱耶玛·阿达。"

阿桑不带感情地想着。他觉得自己的精神干枯了。"一台收录机",他很乐意这样给自己下定义。在首都过去的几天里,他几乎是镇定地目睹了汹涌的欢乐浪潮。

他穿过城市,飞快地点了两三次头,回应几个店家的问候。"回家"……他强迫自己遵循这条规则,好像有戒律逼迫着他。在需要做的决定里有一个难题:阿伊莎和她的儿子,怎么办,他肯定她不能独自在那房子里住下去……他呢,真的清楚自己要去哪里吗? 一段时间以来,他觉得哪儿都不是家,然而也就随遇而安了,只要,眼睛平望过去,他还能够看到山,它昏暗的山峰,它的脊线。像一剂治病的良药。

他轻咳了一声后,推开门,直接上了二楼,没喊任何人。他到的时候,听见裙摆沙沙作响,有人窃窃私语:留下来的女邻居们躲了起来。低着头,他爬上楼梯,走向老阿达为他留的几个房间。

昨晚,在这些房间里,他找到了高中时的书桌,抽屉里塞满了过去的信件。他什么也没去找;偶尔有一两行他过去写的东西——阅读笔记,在一本十五年前开始做的笔记里——让他感动。他对自己没有采掘的心理! 迟一些,等到调整的时候,算账的时候……

他走进同一个房间,手拂过一两本昨晚从书架上取下来的树,那时老太太,在楼下,奄奄一息。他在一条长沙发上躺下来。房间显得很清新;窗帘从早晨就拉开了,屋子尽头,一个巨大的衣橱散发出樟脑丸的味道。他对面的墙上，有一幅幼稚的版画，在所有简朴的人家里都有这么一幅，画着亚布拉罕，他的儿子还有加百列的脸，这版画是他从前挂上去的：当时他应该正致力于宗教信仰的研究以掩饰他的焦虑不安。他心如止水地望着那幅画，心甚至更硬了。

他将疲累的身体侧转，艰难地试图入睡。

我，是陪伴死人的不知名的声音，是伴随所有离别的看不见的烟雾，是非现实的混乱，临终的惊厥，最后一声叹息的满足，阿达的最后一眼——蜡白的脸，阿桑进来的时候她眼睛张得大大的——希望终止，我有时认为：在葬礼中，往往，被埋葬的不是人们以为的那个人。

死去的人，当然，躺在那儿等着，急切渴望着（冗长的繁文缛节让他们备受折磨），渴望泥土，渴望土里的沙子，身上每个毛孔都贪婪地吞食，渴望土里隐含的水，掘墓人最后一锹土还没洒下，人的后背和头顶已经湿了，死者终于重新变回了植物。关闭的墓穴才安静下来——幸福的孤独——，死者最后呼吸一次，心中宽慰，因为甚至没发现地里有一只毛毛虫。他终于坠向深渊——纵情飘荡，逐渐被淹没……

然而，有必要说吗，我指的只是这块阳光照耀的土地上的死人，那些，碰巧，没被关进密封盒子的人。他们根本不用等待木头先腐烂，再等铅慢慢融化，才能最终得到属于死人的真正解脱，回到自己原始的形状，没有相貌没有个性，人类的植物和记忆神秘地编织着生长……

因此我是集体的声音，从地里的一个到另一个死人，从这些居民，从地球巨大凹口的深处，来来去去，擦过这一个，环绕住另一个。有谁知道为什么死人会说话？我冒到地面上来，我游来荡去，尾随一个活人，我让一个老实人失魂落魄，我让老人回到热闹的童年，特别是我能看穿一个十分健康的、健忘的成年人，是个彻底的叛徒，或者想成为叛徒……

老阿达……她的葬礼：一件细小的事，是战争后被淹没了一半的世界里的碎浪，跟和平建立初期的惊涛骇浪相比就更微不足道。老阿达：她出生时，上个世纪，在萨伊德至今仍居住的这个村子里，溃败的一代人布满这片土地……阿尔及利亚……在这个地方，有时（五年，十年，五十年……）形成时间的黑暗边缘，磨利了人的心和肉体……质朴的人们，深刻的苦难？……

年轻时的阿达在这样的忧伤之下长大，她身上任何一部分都很女性，一次意外的顶撞，然而整个生活的轨迹都被改变……农村生活，伴随这个突然的拒绝——哦，相对温和的拒绝——就这样一张面孔勾勒了出来：真正高贵的忧郁的妇人重现，脸上罩着的不再是高傲的面具，而是真正的等待，是艰难的希望……

我，死人的陪伴，关于老阿达，我尽力对她的生命进行总结。

这无疑是一场平静的葬礼，可是一位穷表姐的凄凉摆在眼前，送葬队伍里一位佃农的遐想还在继续，而唯独在外孙身上汇集了目击者的眼光。在他心里有一块冷漠的地方。不如遗忘。

然而死人在说话。老人的声音在阿伊莎身旁低语，忠诚地抚过佃农的回忆。承载了阿达最后的希望的男人听到了什么？什么也没有。

阿桑，"山里的英雄"，萨伊德苦涩地这么称呼他，阿桑躺在卧室的长沙发上。他疲惫的身体侧躺着。他想睡觉。

我，痛苦的声音，从一处流到另一处，在心里忽然拐进一条小溪流，充满了回忆，往日呢喃，音乐的溪流，我，几个小时，有时甚至几天地追随一场场葬礼，犹豫着想离开，实际又留下来继续游荡，像一个酒鬼在找寻方向，面对睡在沙发上的人，我估算着他和阿达之间的距离，阿达笔直地躺在那里，头已经像个怪兽……死人会说话，的确，谁来辨别歧义呢？

接下来的几天，在耶玛·阿达曾经高高在上的城市里，不同的领导人发表激昂的演讲，说的是建立新秩序，受破坏的社会终于解放了现在可以进行建设。在他们当中，也有阿桑：两三千人在广场上听；其中有许多女人，在最后面，一大片白色的面纱飘动。

谈及死去的人，他用了很长时间，所有埋在荆棘下，死在战争中，遭到屠杀的死者，"所有逝者永垂不朽"，他说。他获得了巨大的成功，女人们的尖叫声盘旋在空中，从举行集会的港口上方的广场直传到墓地，阿伊莎独自来到墓地冥想。那天是耶玛死后第七天。在她身旁，她的小男孩——已经五岁了——越过墙凝望着城市的全景，被集会上色彩斑斓的攒动的人影点亮。

一九七〇年及一九七八年

斋戒日

封斋期那几天时间变得很长,房子变得幽深,影子变得半透明而身体无精打采。

"它在跑,四季啊!"莱拉·法图玛最先说。

"它在跑,在跑,封斋期!"娜迪雅哼唱道。

"等它冬天到来的时候你们再看! 温和柔软得像羊毛一样,冬天的斋月啊。"莱拉·法图玛,笨重,肥胖,重新做起家务。

"我还记得,"乌里娅喃喃说道,"我是大女儿,十岁那年第一次过斋月,对……是冬天!"

"不对,是秋天,"第二个纠正道,"橙子还是绿的呢,我肯定。我那时八岁,有一天没一天地过着封斋期。"

尼菲萨默默地望着她的姐妹们。父亲出去了。这会儿莱拉·法图玛在大起居室的一个角落里祈祷,尼菲萨把午睡用的羊皮垒起来。其他人也在忙碌,不过乱哄哄的,因为斋月的头几天家里习惯都变了。

"时间变得很长,房子变得深沉,影子变得半透明而身体无精打采":尼菲萨在脑海里又分析起来,接着漫不经心地进入了回忆——从前,在同样的季节,她和娜迪雅焦急地盼着守斋(什么时候她们才能得到允许呢?大人们拒绝在半夜叫醒她们,享受安慰饭)。从前,仿佛就是昨天……

昨天,尼菲萨在监狱里……斋月在真正的被非法监禁者当中,这所法国的监狱里,她们被归类为六个"叛乱分子",据说,他们要审判她们。

她们满怀禁欲者的喜悦开始斋戒:流放和枷锁都变成非物质的了,释放的身体在牢房里旋转,只是忽然不再撞上墙壁;两名被捕的同系统的法国女人也加入她们的伊斯兰戒律,尽管傍晚的汤淡而无味,就像灰色时段之外的静止逐渐扩大,像夜晚的歌声,尽管有人看守,依然能够越过海洋,回到家乡的山间!

"第一个远离痛苦的斋月!"莱拉·法图玛喃喃道,回到厨房。

"可它还是被遮盖得严严实实!"乌里娅轻声说。

只有假装在看书的尼菲萨听见她的话。她抬起眼看着她们的大姐:才二十八岁已经守寡。

"如果他好歹给我留下个孩子,一个儿子让我怀念他的样貌!"几个月来她一直这么抱怨。

"没有男人而独自抚养一个孩子,你不知道有多棘手!"她母亲反驳道,"你还年轻。真主会再给你送来一个丈夫,让你家里收获满屋的小天使!"

"但愿真主成全!"其他人回应道,异口同声地。从厨房里开始传出烤辣椒的味道。

"已经四点了!……还要再等两小时!"

"我既不觉得饿也不觉得渴!"娜迪雅说着在屋里走来走去。她突然觉得自己在过什么节庆,打开收音机,跳了几个舞步。

"在欢声笑语中守斋!"她假笑着说道,"我的斋月要算双倍!"

乌里娅走出去陷入思乡情绪。尼菲萨看了她妹妹好一会:十九岁,眼睛里闪着骄傲的光芒,单薄得几乎令人不安。

"你应该少说点!"她建议道,带着宽容的半微笑,"乌里娅记得呢!"

"我也是,我也记得! 如果说你,你待过监狱,那么我也待过的,不过是在这里,在这个你觉得美好的房子里。"

娜迪雅的声音变得刺耳:她跳起来,勉强发出的笑声十分尖利,她一动不动地面对尼菲萨,准备开始一场新的争吵。

"你又来了!"尼菲萨咕哝着继续她的阅读。

"要是你生气了,那么,这样的话,你的斋月就压根不算数！"从厨房门口传来莱拉·法图玛开朗的声音。

她光着胳膊,大方地脱掉透明硬纱做的上衣,只穿一件印花老式衬衫。她刚刚在揉做饼的面粉,热得脸都红了,于是到院子里的水池去洗手。家里成了女人国,父亲要到太阳下山才回来,在穆安津的歌声飘过葡萄藤和衰败的茉莉花响起之前几分钟。村里的清真寺很近。

娜迪雅,听了她母亲的话,无助而难过地耸了耸肩膀。莱拉·法图玛,没听见她们的对话,也明白了:战争最后两年,父亲中断了娜迪雅的学业。后者自独立以来,就一直想继续学习,去城里工作,当小学教师或上大学,无论做什么也好只要能工作:一场家庭悲剧在酝酿之中。

"斋月是一切怨恨的休止符! 一颗黑色的心不会得到丝毫宽恕的……"莱拉·法图玛回来时嘴里念叨着。

她穿过厨房,以女王般的姿态将上衣放好,然后回到她的锅台边。在斋戒间隙,尼菲萨和娜迪雅在摆满菜肴的矮桌前等着,等待所有人,包括父亲,结束傍晚的祈祷。晚餐几乎在寂静无声中进行,因为父亲一喝完咖啡,就出门参加一场宗教守夜去了。接着一些女邻居来串门,在院子里叽叽喳喳地说话,把自己的头纱和面纱拿在手里折着。她们叹着气在长椅上坐下。

"这七年的战争,大家都待在家里! ……"其中一个说道。

"我们的女儿在敌人手里,而我们呢,我们还有心思喝咖啡!"另一个对尼菲萨说,念着祝福的话吻了她。

娜迪雅向来客问好,同她们相互寒暄了无限长的时间后,悄悄溜走了。她对来找她的尼菲萨喊:

"不!"她不满地嚷着。"闲聊,吃糕饼,在等待第二天来临时暴饮暴食,难道是为了这些才有的丧礼和血吗? 不,我不能接受……我——"她的声音里隐含着泪水,"我相信,你知道吗,这一切都会改变,会有别的事发生,会……"娜迪雅痛哭起来,把脸埋在枕头里,在从童年起就伴随她的床上。

尼菲萨没有回答,走了出去。

"要是能够消灭记忆就好了!"谈话的人里,一位战争中失去了两个儿子的老妇人说道,"那样我们就能找回从前的斋月,从前的安宁!"

四周一片沉默,带着不确定,满是遗憾。

"为信仰而殉道的人是多么幸福啊! ……"莱拉·法图玛认真地说,她手里端着茶壶回来了。

薄荷的香味一直飘到被夜色笼罩的院子里,乌里娅走出来擦掉脸上的泪水。

一九六六年

思 乡

"好奶奶,"尼菲萨哀求着,蜷缩在祖母身旁,"跟我们说说你的丈夫吧……除了你没人认识他……就连父亲也不认识他!"

祖母头脑还很清醒。这时是斋月期间;在隔壁城市,无所事事的守夜过程中,人人都要上一个朋友的家去,孩子们快步走在阴暗的小巷里,手上端着要送进烤炉的糕点。

家里,父亲回来了,带着核桃、杏仁、蜜枣和葡萄干,他当着四个女儿的面将它们分成一些小堆,他们把祖母从她的祈祷冥想中请过来,好在她面前剥棕榈芯。

"跟我们说说你丈夫吧,好奶奶。"这次轮到娜迪雅恳求她。

"我十二岁嫁人……作为独生女,我一直受父亲宠爱。所以到了新家我什么都不会做:既不会揉面包也不会转粗面粉用的筛子……而且压根不知道怎么做毛线活! 可是,一个女人不会织毛线还有什么价值呢? ……一天,我公公给了他老伴一吨羊毛,她把羊毛分给四个儿媳,也包括我。每人都要独立完成一切:清洗,打羊毛，清洁，然后梳理，接着纺线，最后要么织一件长袍给丈夫，要么……"

"你学会了所有这些？"乌里娅惊呼道。

"在十二岁的时候？"

"对我来说最困难的，你们知道吗，我的好孩子们，是要早起！……当时我睡觉，和你们这年纪的孩子一样！……有一天，我不知怎么，直到八点才醒……八点，你们能想象吗？"

老太太摇着脑袋，调皮地笑了，摸了摸她的假牙。

"我的婆婆，被我的懒惰震惊，对我丈夫说：'去把她父亲找来！我们娶的可不是公主！'她说得对，当然……就这样，我醒了，打着哈欠，伸着懒腰，这时忽然听见我父亲在我卧室门外咳嗽。我吓坏了，赶紧起床。我哆嗦着请他进来。父亲平静地问我：

"'出了什么事？他们为什么让我来？'

"'没什么，没什么……'我羞愧地回答他，'今天早晨，我没睡醒！'

"他当时严厉地看着我，威胁道：

"'下一次，如果我这时候来看到你还在床上，我就让你眼睛哭出血来！'然后他就走了。"

现在所有女孩都躺到了床上祖母的身边。

"然后呢……接着说嘛！"

"许多年后，我才知道后来的事……离开我房间后，他到街上找到我公公，他是他最好的朋友。他当时，好像，非常生气，是真的发火了：'怎么，就因为她八点起床，况且是在斋月里，你们就把我喊来！……她还是个孩子，瞧：你呀，我早就告诉过你了！'

"我公公大概请他原谅……我呢，当然了，我当时什么也不知道，从这天开始，我实在太害怕父亲会再次这样出现，在我房门外咳嗽，而我刚醒，所以每天凌晨四点我就起来了，这时我丈夫也起床然后到他父亲田里干活。等我婆婆和妯娌们起来的时候，我已经揉好并烤好面包，有时把早餐放在陶制火盆里了……然后我就有一整个上午来完成织毛线的工作，继续用羊毛织毯子或头巾。"

"这就是你的事业啦？"一个小姑娘问。

"就是它，"祖母回答，"不是吹牛，在我丈夫家待了几年以后，我的纺织手艺可不像从前那样了……我婆婆说起我：'看看法蒂玛，她纺出来的毛线像蛇的舌头一样细！'"

女孩们全都上了折叠床，点起油灯。尼菲萨又问：

"你丈夫呢，好奶奶，你没对我们说起过他！"

"我丈夫，天啊，愿真主宽恕他、拯救他吧，'老头子'——他倒是个公正的人——去世后，我丈夫变得粗暴而野蛮……他打过我几次……有一次甚至没有什么原因：早餐后我忘了把装饼的盘子收起来。快中午的时候他走进来，发现我的过失，抓起他沐浴用的石块。然后向我脸上砸过来！……我的脸从额头到眼睛上方被砸出个大口子（大慈大悲的穆罕默德救了我！）而我丈夫冷静地开始做他的祷告。"

"后来呢？"

"后来……我的妯娌们都慌了，因为那天我父亲要来。我会跟他说什么？如果知道我丈夫打了我，他会立刻带我走。她们哀求我：'撒个谎吧！我们不希望你走！'……甚至老太婆也求我并建议说：'就跟你父亲说是被小牝牛撞的。'——'是你送给我的小牝牛撞的，'我对担心我伤势的父亲说，'我想给它挤奶，被它踹一脚！'——'该死的牝牛，差点把我女儿弄瞎！'我父亲骂着，马上对《古兰经》发誓他当天就要把牛带到屠宰场去……我哭了一整夜，我那么爱那头牛……可我只能轻轻地哭，好让我丈夫能安静睡觉！"

是因为这些不愉快的回忆让祖母重新到村里的清真寺去吗？

"你不该去！"她儿子对她说，他正要跳上马车，带尼菲萨和娜迪雅进城。"很少女人去那里，现在这可是在法国。"

"法国！"祖母咕哝道，"又怎么样？"

有段时间，她整天在哭，就像当年失去小牝牛一样痛苦：村里的主持教仪死了。

201

"我跟着他做了二十年的祷告！……他能把《斋月夜祷告》念得那么好：从最长的章节开始念，然后是最短的，接着跪拜二十次。"

他死后的第七天恰巧是斋月的第一天，尽管大家对教长的缺席感到十分难过，人们还是满怀喜悦地迎接这个幸福月份的到来：孩子们点起大蜡烛，唱着圣歌走在大街小巷，男人们整夜祷告……

斋戒的第二十七天，莱拉·图米亚壮着胆子召唤亡灵，奥马尔和拉奇德在角落里扔杏仁玩。

"我父亲，在年轻的时候，总是以不停念诵经文来度过这'命运之夜'。有一年，也是在斋月里，他破戒吃了个苹果，马上跑到清真寺去。他一口气读了六十章经文，片刻不停地……最后，他的导师打断了他：'你跪下吧，哦穆罕默德！'我父亲于是跪下，他的导师离开了。"

"第二十七天的晚上，"来做客的老阿姨说，"诵经人轮流念着《古兰经》，他们每个人都单腿站着……他们一心好胜：看谁站得最久，谁，在宗教的狂热中，超越了肉体？"

"这些么，都是从前的事了！现在的新时代里，流行的是不信教的人……我们的儿子（说话的女人站起来要走）。是的，我们自己的儿子有时候就没有宗教信仰！"她悲叹着把自己包进僵直的丝绸头巾里。

"最好的都成了过去！"老太太叹息道。

孩子们互相挤在一起，女孩和男孩们，在这样的夜晚，无法解释的思乡情绪涌上心头（任何借口都可以：婚礼，死亡）。

"你们的曾祖父，"祖母重新开口说，"——愿真主宽恕他——有五个儿子，其中一个就是你们的祖父……大儿子，巴巴·泰伯，有个怪癖：每隔一段时间，他就大吼一声：'哦安拉！'。有时候，他的弟弟们听着难受，斥责他：'把真主的名字放在心里说就好，或者张嘴默念，为什么要喊呢？'——'这不怨我！这喊声由不得我，它让我感到轻松！'……

"有一天，我和一群女人从墓地回来；老远的，我们看见一个男人在前面走，身上裹着一件大大的绿色外套，像是一种刺眼的绿，不过毕竟是伊斯兰的绿色。突然，只听一声大喊：'哦安拉！'——'可怜的人！'一个女人说，'应该是名苦行僧！'我应该是承认了，当然带着心酸：'他不是个普通的苦行僧，他是自愿要当苦行僧的……是我丈夫的哥哥！'……你们瞧，即便在举行葬礼的时候，他也混在诵经人中间。其他人停下来换口气的工夫，他便吼道：'哦安拉！'而我们这些女人，作为他的亲戚，妻子，女儿，我们躲在一旁哀叹：'巴巴·泰伯真不懂规矩！'……"

讲故事的人停了下来，拨弄着手中的念珠，接着往下说：

"第二个儿子，大家叫他：'去往麦加后赤裸归来的朝圣者'"。

"赤裸?"众人哈哈大笑。

"他在麦加被人抢劫,只剩下贴身汗衫。他的兄弟们只得凑钱给他买衣服。等他辛辛苦苦攒够了钱又要去麦加时,大家都劝他:'把钱留到你老的时候用吧,你甚至没有儿子呢!'

"'不!'他说,'这一回,我的心向往的是神殿',就这样,他走了。"

"第三个呢?"一个声音怯怯地问。

老奶奶不慌不忙:往日的光照亮了她湿润的双眼。

"第三个,是驿车的车夫,他是个好人:阿迪·巴史尔,四十岁的时候死在通往平原的路上。马车倾斜得很危险,他拉住马头跳下去,跌进沟里,可是马车翻到了他身上。其他旅客没有动,都平安无事……他,大家把他带到附近的城市,一间摩尔人浴室的休息室里,看着他死去:听人说,足足过了半天的时间他才死去。一些路过的认得他的商人聚集在他跟前,不敢相信眼前的事实,后来离开时都满心悲伤:'可怜多好的一个人却要死了!'他们叹息着。听说这一天一场炙热的高温席卷了城市。"

"没有人去给他找医生吗?"一名年轻的听众问道。

"在当时,"祖母轻蔑地回答,"大家说'医生和医院?……法国的医生,法国的医院'……"

"第四个,"她沉默了一会儿又说道,"大伙儿叫他苏丹人,因为他在苏丹附近生活了七年……'他们那儿是怎么样的，叔叔？'我的侄子侄女在他回来时问他。'他们一整天都趴着睡，'他说……'太阳一落山，他们就起床，那是怎样的夜晚啊！舞蹈，歌唱，诗歌比赛，能说会道的人齐聚一堂……人们活在月光下，在这个国家！……'他有时还说：'我跟他们说起我们家乡的沟渠里流淌的水，他们都笑，不相信或者只说：'这么说，天堂在你们那里咯？'"

"那第五个呢，好奶奶？"一个孩子问。

"第五个，就是你们的爷爷，愿真主保佑他……我十二岁嫁给他，他二十八岁……"她停了下来。

接着，她重新开始讲的时候，语气不同了：看看身边的这些小脸蛋也许让她回想起同样的场景，十二三岁的她初为人妇，在新家发现被大家称作"老太太"的人，当时八十四岁的她，仍不愿死去……

"那是我公公的母亲，他们所有人的奶奶，可是他们谁也不要她，所以到最后她都待在我房间里。在八年的时间里，她没有离开过她的角落。她的媳妇们（包括我婆婆）不喜欢她。这些不幸的事在从前一样会发生。当她开始衰弱，我跑到庭院里通知她们，她们回答说：'老太婆不会死的！她等着给我们送葬呢！'八天以后，我替她闭上眼睛，再出去向她们宣布：'乌玛·里奇雅死了！'这时她们纷纷抽泣，做出可怜的样子，把头发弄乱！……"

祖母停顿片刻，眨了眨眼皮：

"那八年里，在她的角落，她跟我说呀，说呀！我听着……法国人进我们城的时候，她是年轻的媳妇。全家人都集中在最大的房间里，房间大得像仓库，没人出去，无论男人或女人。只有族长，他，你们的始祖，土耳其士兵和柏柏尔女人的儿子，守在门口戒备，从早到晚地守着……然而在这样恐怖的日子里，乌玛·里奇雅生了个女儿。外边传来杀戮和枪弹的声音，可在她身边的小姑子却诅咒女婴的命运：'一个女孩！你给我们生了个女孩！……真是当牛做马的种！'……'这是我的错吗？'里奇雅这么想着，她觉得羞愧难当。"

"后来，她想：'女孩或男孩，我们不是都在这儿，像在饲养棚里似的挤在一起，当豺狼来的时候？'……'啊，我亲爱的，'老太太对我说，'我现在还能听到这个女人在诅咒，诅咒！……我刚出生的女儿原本安安静静的，突然发出第一声呻吟，第二声更长更清晰，然后就死了……我总在想真主把她从我这里带走是因为我小姑子的诅咒，因为她们这些哭丧妇的家族，万恶的人！……我后来生了五个男孩，五个男孩可是没有一个女儿，天哪……这是法国人进城那年！'乌玛·里奇雅长叹道。"

一九六五年

后 记

受禁的目光,戛然而止的声音

一

一八三二年六月二十五日,德拉克洛瓦①抵达阿尔及尔进行短期停留。他刚刚在摩洛哥住了一个月,浸淫在视觉极度丰富的世界里(华丽的服装,狂热的幻象,奢华的宫廷,优美的犹太婚礼或流浪音乐家,高贵的王室动物:狮子,老虎,等等)。

这个与他近在咫尺且处于同一时代的东方带给他完完全全极度的新奇。他在《沙尔丹那帕勒之死》②中所梦想的东方——只是这里洗净了一切罪恶的念头。而且是一个自从《希阿岛的屠杀》③以

---

① 德拉克洛瓦:法国浪漫派画家,《房间里的阿尔及尔女人》是其代表作之一。
② 《沙尔丹那帕勒之死》:德拉克洛瓦于1827—1828年间创作的油画,现藏于法国卢浮宫,描写阿尔及利亚第一王朝最后一个皇帝沙尔丹那帕勒在行将覆灭时,将后妃宫女及其爱马统统杀死,然后纵火同归于尽的场景。
③ 《希阿岛的屠杀》:德拉克洛瓦于1824年创作的油画,描写1822年土耳其侵略军在希阿岛上大肆屠杀希腊贫民的场景。

来就脱离了可恶的土耳其统治的东方,只在摩洛哥。

就这样摩洛哥成为梦想与现实审美理想相遇的地点,一个发生视觉革命的地点。德拉克洛瓦恰好可以晚一些写上:"自我旅行以来,人和事在我眼里变得不同。"

在阿尔及尔,德拉克洛瓦只待了三天。首都不久前刚被占领,多亏了一个幸福的巧合,在那儿的短暂停留为他指引了通往另一个世界的方向,当他在摩洛哥旅行时这个世界对他还是那么陌生。生平第一次,他得以进入一个禁区:阿尔及利亚女人的世界。

他在摩洛哥发现的世界,被他用素描定格在画板上的,主要是个男性的、武力的世界,充满阳刚气。现在呈现在他眼前的是一场持久的盛宴,满眼皆是奢华,喧闹,车水马龙,飞快地掠过。然而从摩洛哥到阿尔及利亚,德拉克洛瓦同时也越过了一道难以觉察的边界,它将颠覆一切记号,后人记忆中的"东方之旅"都起源于此。

故事已经很出名了:阿尔及尔港口的总工程师普瓦莱尔先生,是绘画爱好者,他的客人中有一位大人物,原来是小型赛艇的老板——一八三〇年以前被称为"首领"——在长时间讨论之后,他同意让德拉克洛瓦进入他的府邸。

一个朋友的朋友,顾尔诺,对我们讲述了这次探访的细节。宅院位于杜克斯那街的尽头。德拉克洛瓦，在这家的丈夫应该还有普瓦莱尔的陪同下，穿过一条"阴暗的走廊"，走廊尽头却豁然开朗，不经意，在近乎不真实的光线照耀下，所谓的后宫出现在眼前。那里，女人和小孩在"成堆的丝绸和黄金中"等着他。前首领的妻子，年轻美丽，坐在一个水烟筒前；普瓦莱尔告诉顾尔诺，德拉克洛瓦"仿佛陶醉在眼前的景象里"。

交谈中，由丈夫即席充当翻译，他希望了解这"对他而言既新鲜又神秘的生活"的一切。在他动手画的多幅速写中——妇女们呈不同的坐姿——他记录下在他眼中最为重要不能遗忘的内容：明确的色彩（"黑色金线，亮紫色，深印度红"，等等）以及服装的细节，复杂而新奇的搭配迷了他的眼。

简洁的图像或文字注解，可见他仿佛手舞热情，眼含醉意：转瞬即逝的刹那在梦想与现实之间游移。顾尔诺记录："这股热情只怕连冰糕和水果都难以令其冷却。"

焕然一新的视觉，成为纯粹的影像。怕这许多的新奇事物混淆起来，德拉克洛瓦强迫自己在素描上标注每一个女子的姓和名。素雅的水彩画上有芭伊雅、慕妮和左拉·本·索尔坦，左拉和卡杜雅·塔波丽吉。铅笔勾勒出不知名的异域的身体。

罕见的丰富色彩，发音新奇的名字，是这些撩动了画家的心绪，激发了他的热情吗？是这些令他写下："美哉！仿若回到荷马时代！"吗？

在那里，对隐居的女人进行了几个小时的拜访，画家经历了怎样的震撼，或者怎样迷惘的困惑？这半开的后宫深闺，真如他所见一般吗？

从这个物品琳琅满目的地方，德拉克洛瓦带回了：拖鞋，围巾，衬衫，短裤。它们不是游客平淡无奇的战利品，而是一段独一无二、昙花一现的经历的明证。梦中的痕迹。

他需要触碰他的梦境，延长回忆以外的生命，将记事本中的素描和图画补充完整。这里有一种类似恋物癖的强迫情结，更加确定了度过的这段时光不可替代的唯一性，它永远也不会再出现。

回到巴黎，画家花了两年描绘他回忆中的影像，尽管有文字记录以及当地物品的支撑，回忆仍是隐隐约约模模糊糊的不确定。他靠这回忆绘制了一副杰作，它让我们不断提出新的疑问。

《房间里的阿尔及尔女人》：三个女人中有两个坐在水烟筒前。第三个，位于前景，半卧着，臂肘倚着靠垫。一名女佣，展示出四分之三的背面，举着一边手臂，仿佛要掀开重重的帷幔，它们罩住这个封闭的世界；作为一个几乎是装饰性的人物，她的作用就是延展其他三个女人身上闪耀的色彩光芒。画的全部意义就在于这三名女人与她们的身体，以及与她们幽禁的地方之间的关系。顺从的囚徒待在封闭的空间里，闪耀着不知从何而来的梦幻般的光——或许是暖房或玻璃鱼缸反射的光，德拉克洛瓦的妙笔让我们觉得她们近在眼前又远在天边，谜一般令人难以捉摸。

十五年后，德拉克洛瓦重又回忆起在阿尔及尔渡过的这些日子，他重提画笔，为一八四九年的沙龙绘制了《阿尔及尔女人》的第二个版本。

构图几乎是一样的，但几处改动通过递推更好地表现了画作的潜在含义。

第二幅画中，人物线条没那么清晰，装饰元素没那么琐碎，视角也更广了。这样的定位造成多个效果：——让三个女人离我们更远，更深地融入背景——完整地暴露出房间的一面墙壁，让它加重这些女人的孤独感——最后强调了光线的不真实性。这样的光线突出了阴影隐藏的看不见的无处不在的威胁，通过女佣的存在表现出来，我们几乎看不见她，然而她就在那儿，专注地站在那儿。

女人依然在等待。蓦然显得更像囚犯而不是后妃。与我们观众之间，没有任何联系。既不任人观赏也不拒绝旁人的目光。置身事外而又真真切切地存在于与世隔绝的稀薄空气里。

艾丽·弗尔说，年老的雷诺阿在谈到《阿尔及尔的女人》中的光线时，忍不住泪流满面。

我们会像老雷诺阿那样哭泣吗，为了艺术之外的原因？一个半世纪以后，想起芭雅、左拉、慕妮和卡杜雅。这些女人，曾经被德拉克洛瓦——或许是不自觉的——以前人不曾有过的目光审视过，从那以后，她们不断地告诉我们，一些让人无法忍受却又确实存在的事情。

德拉克洛瓦的画被当作一个对东方女性的研究视角——应该是欧洲绘画史上的第一次，以往的欧洲画作惯于从文学角度处理后宫姬妾的主题，或者仅仅表现后宫的残酷和裸体。

三个阿尔及尔女人迷惘的眼中有遥远的也有眼前的梦想，如果我们试着捕捉梦想的实质：是思乡情结或隐约的温柔，她们显而易见的分神，反令我们对情欲起了向往。仿佛在女佣还没放下她们身后的窗帘，而她们还未坐下让我们观赏之前，她们可以在这样的世界里一直生活下去。

因为的确，我们在看。在现实中，是禁止我们这样去看的。德拉克洛瓦的这幅作品不自觉地令人着迷，并不是因为他笔下这个东方的表象，半明半暗里的奢华与宁静，而是因为，将这些女人置于眼前观看，他是在提醒我们，原本我们没有这个权利。这幅画本身就是一次偷看。

我想，德拉克洛瓦，十五年后，对这段"阴暗的走廊"尽头，一个没有出口的空间里，那群端庄神秘的女囚徒依然记忆犹新。我们只能通过被定格在画板上的出乎意料的场景来猜测远方的她们的不幸。

这些女人,是因为她们装作不看我们,又或者是因为,被绝望地禁锢着,她们甚至无法看见我们? 这些坐在那里的不幸的人儿,从她们的灵魂什么也猜不出,她们仿佛被周遭的环境吞没。她们自己,她们的身体,她们的情欲,她们的幸福,一切都与她们无关。

在她和我们观众之间,还有更深层的含义,跨越了内心深处的屏障,像小偷、间谍、窥视者匆匆的一瞥。仅仅两年之前,这位法国画家差点赔了性命……

于是,禁戒,在这些阿尔及尔女人和我们之间,漂浮。中立,不知名,无处不在。

这目光,长久以来人们认为它是偷来的,因为它来自外国,后宫和阿尔及尔城以外的地方。

数十年来——随着民族独立运动在各处获得胜利——,人们可以看出,在这个自我放任的东方,女人的形象并无两样:在父亲,丈夫,还有比较困扰的,兄弟和儿子的眼中看来。

原则上,只有他们可以看女人。对于部落的其他男子(童年一起玩耍的表兄弟变成了潜在的偷窥者),当严厉的习俗最初有所松动的时候，女人展示的就算不是整个身体，至少是她的脸和手。

这种松动的第二步反而要依赖头纱。头纱将身体和四肢完全包住，让戴着它的女人能够出门走动，这么一来女人也成了男性世界里可能的偷窥者。在那里她像一个一闪而过的身影，当她用一只眼睛看的时候像个独眼的人。在某些情况和场合，"自由主义"的宽容将另一只眼还给她，让她的观看得以完整：两只眼睛，借着面纱的掩蔽，现在睁大了看外面的世界。

另一只眼也在，女性的眼光。可是这只被解放了的眼，本可以成为赢得外界光明的信号，幽禁之外的光明，现在它却被看作一种威胁；于是形成恶性循环。

昨天，艺术大师透过他孤独的目光对女性幽禁场所的观察，表现出他的权威，令其他画家黯然失色。而女性的目光，当它移动时，似乎，令男人感到害怕，他们呆坐在摩尔人的咖啡馆里，今天那里已成伊斯兰教区，而白色的幽灵飘过，不真实而又令人迷惑。

在投射到女人的眼睛和身体上的合法的（即父亲、兄弟、儿子或丈夫的）目光里——因为看的人首先寻找被看者的眼睛，然后才转向身体——有一种危险，它的原因越是出乎意料，危险就越无法预料。

无论什么——突然的发泄、轻率、不寻常的举止，被隐蔽角落撩起的窗帘分割的空间——都能让身体的其他眼睛（胸、性器和肚脐）有暴露在光天化日下的危险。对男人而言这一切已经结束，这些脆弱的守卫者：这是他们的黑夜，他们的不幸，他们的耻辱。

受禁的目光：因为女性的身体当然是禁止被观看的，从十岁开始直到四十岁或四十五岁，她们都被监禁着，在围墙中，就算再自由也是在头纱下。然而同样危险的还有女人的目光，她们被解放可以到外界行走，却随时可能暴露她在行走中向他人投去的目光。仿佛忽然之间整个身体都在看，在"挑战"，男人如是说……一个女人——在走动中，也即是"裸体"的——在看，这对他们的窥视权，这一男性特权，岂不是一种新的威胁？

阿拉伯女性最明显的变化，至少在城市里，是摘除了头纱。许多女性，往往在度过被幽禁的青少年时期甚或整个青年时代后，真正体会了揭去面纱的生活。

身体在房子外面走着，这是第一次它仿佛被"暴露"在所有目光下：于是变得姿态僵硬，脚步仓促，眼神紧张。

阿拉伯方言以一种意味深长的方式记录这种经历："我再也不带着'保护伞'（即戴着头纱，被包裹着）出门了"，摘下头巾的女人会么说；"我'没穿衣服'出门，简直是'光着身子'"。遮挡了目光的头纱实际上被看作"身上穿的衣服"，摘下它，等于是将自己完全展露在众人面前。

至于男人，他们赞成姐妹或妻子这一最羞怯、最缓慢的变革，现在却得生活在拘束和担忧中。想象刚刚是眼睛，紧接着是身体，摆脱了面纱，然后是整个头纱，女人进入一个致命危险的时期，她们发现了另一只眼，性的眼。在这场转变的半途中，看见了"肚皮舞"唯一的落脚点，在夜总会，它让那只肚脐眼做鬼脸。

就这样，当女人不再待在封闭的房里坐着等待，她们的身体蕴藏了自然的危险。在开放的空间里走动？突然发觉许许多多的眼睛在它身上看着它。

聚集在女性的这次漂移周围的，是失落的男性偏执的烦恼。（毕竟，一八三二年唯一那个让外国画家进入闺房的阿尔及尔男人正是被打败的前海盗船长，后来成了一个对法国官员唯命是从的"执达员"。）

在阿尔及利亚，确切地说，当一八三〇年外国入侵开始——总算不惜一切代价保住了贫穷的妻妾所住的后院——外围被逐渐包围，与此同时内部的交流却像凝胶一般越来越迟缓：不同年代的人之间是这样，不同性别的人之间更是这样。

这些阿尔及尔女人——自一八三二年起就定格在德拉克洛瓦的画上的女人——如果说昨天在她们固定的表情中还可能找到她们对幸福的怀念或顺从的温柔，那么今天，深深打动我们的则是她们绝望的苦楚。

英勇壮烈的战斗结束后，女人看着，喊着：她们目睹了整场战役，久久呼喊着鼓励战士们（拉长的呼声穿破天际像胃里不停发出的声音，是飘荡在空中的性感召唤）。

然而战役，在整个十九世纪，越来越向阿尔及利亚南方推进，接连地失利。勇士们不断咀嚼尘土。这时，女人的目光和声音继续出现在远方，在边境之外，那应该是死亡的边界，要么就是胜利的边界。

可是对于那些处于服从年纪的人，地主或无产者，儿子或情人，场景继续着，女观众们没有动，心有余悸的他们渴望这样的目光。

就这样，外界整个社会划分为成与败两个阵营，本地人和侵略者，而后宫，被缩小到战壕或山洞里，被几乎肯定地封锁了对话。如果人们能够只围住剩下的唯一一个观众群体，将它包围得更紧，好忘记失败！……然而一切曾唤起先人热情的举动都无可救药地停滞了，囚徒般的女人愈发死气沉沉。

在阿尔及利亚的口头文化中，特别在那些完全孤立的小城市，从诗歌、歌曲甚至缓慢或强劲的舞蹈动作中发展起来的几乎是唯一的主题，就是心灵的创伤，它取代了具有讽刺意味的常年不可预测的欲望。

两性的初次相遇只有通过婚姻及其仪式方为可能,这解释了深深烙刻在我们的社会和文化存在上的强迫观念的性质。若一个女人是处女,那么骤然失去童贞时,身上会留下剧烈疼痛的伤口,童贞是婚姻平凡的殉道者。新婚之夜本质上成了流血之夜。这一夜既非让夫妻彼此了解,更谈不上相互取悦,而是流血的夜,也是两人相互对视的,沉默的夜。其他女人发出长长的喊叫形成尖厉的歌声(姐妹情谊在漆黑的夜里骤然迸发),炸药的爆炸更好地掩饰了这沉默。

然而这血迹斑斑的阴道仿佛又回到人生的最初,母亲分娩后的样子。仿佛看见母亲的模样,内心挣扎泪流满面,整个脸包着头纱,同时身体又是赤裸的,在剧烈的疼痛中大腿沾满了鲜血。

《古兰经》中,人们时常重复这一段:"天堂在母亲的脚下。"如果说基督教崇敬圣母,那么伊斯兰教,则更直率,"母亲"这个词,现在意思是柔情的源泉,从前指的是没有快乐的女人。隐隐希望生了孩子后的生殖器不再可怕。只有母亲能看。

二

在阿仆杜·卡迪尔①时代,忠实于他的游牧部落,阿尔巴和阿

---

① 阿仆杜·卡迪尔(1808—1883):阿尔及利亚民族英雄。

拉杰利亚斯，一八三九年被宿敌德杰尼包围在卡萨尔·埃尔·黑兰要塞。围攻的第四天，进攻士兵已经翻过城墙，这时一位阿哈塞里亚斯的年轻姑娘，名叫梅萨乌达（意为"幸福的女人"），见他们的将士准备掉头逃跑，大声疾呼：

"你们这是往哪儿跑？敌人在这边呢！难道要一个年轻女孩教你们男人应该怎么做吗？那么，你们看着吧！"

她跑上城墙，滑到城外，面对敌军。她故意以身犯险，同时高喊：

"我部落的男人在哪里？

我的兄弟们在哪里？

为我唱情歌的人在哪里？"

这时，阿哈塞里亚斯人都冲上来救她，流传下来的教义上说他们嘴里还大喊战争和爱情口号：

"别担心，你的兄弟，你的爱人来了！……"他们在姑娘召唤的激励下，击退了敌人。

梅萨乌达凯旋归来，从那以后，在阿尔及利亚南方部落人们唱起了《梅萨乌达之歌》，唱的就是这段故事，歌的结尾诙谐颂扬了她的英勇："梅萨乌达，你永远是一把拔牙钳！"

在十九世纪的阿尔及利亚抵抗史中，有许多片段都提到了女战士，她们摆脱了传统的观望者的角色。她们的眼神令人生畏，激起勇气，可是在激烈的战斗中，当最后的绝望忽然出现，她们的现身往往举足轻重。

关于女性英雄主义的其他记述描写了传统的封建女王（智慧，组织力以及"男性"勇气），例如很早以前的柏柏尔人卡依娜。

梅萨乌达的故事，比较朴实，在我看来展现了一个较新的角度：英雄主义和部族团结的故事固然多种多样，但在这里它将一个身处险境的身体（在完全突发的行动中）和呼喊的声音结合起来，视死如归，迎难而上。最后，摆脱懦弱的风险，找到通往胜利的出口。

"别担心，你的兄弟，你的爱人来了！"这些兄弟和爱人是害怕女孩的身体完全暴露，或者更多的是受了传来的女人声音的"刺激"？这声音发自肺腑，最终与死亡和爱情的血擦身而过。给我们的启示就是："别担心！"唯有梅萨乌达之歌把女人的幸福，完全奉献给突发而又危险的，总言之富有创造性的变幻。

可叹的是，在我们近年反殖民的抵抗运动中，罕有梅萨乌达这样的人物。解放战争以前，在对国家认同的研究中，当它记录女性的参与时，便把她们的身体和她们的人剥离开来，将这些女性塑造成光辉的"母亲"，就算对那些杰出的著名女战士也是如此。然而，在七年的民族战争中，女英雄的主题愈发热烈，正是围绕着年轻女孩的身体我才称她们为"带炸药的女人",而敌人监禁的也是她们的身体。后宫在"巴伯路斯"监狱灰飞烟灭,"阿尔及尔战役"中的梅萨乌达们那时叫作扎米拉。

自从有了梅萨乌达的这一称呼以及"兄弟与爱人"的颂歌,自从女性解放的骄傲不断膨胀,关于女性我们以女性的口吻"说"了什么?

德拉克洛瓦的画向我们展示了两个惊讶的被打断谈话的女人,但是她们的沉默不断向我们袭来。停止交谈的两人垂下眼帘或茫然凝望,以此交流。仿佛涉及一个有待澄清的秘密,女仆在旁观望,我们不清楚她是在侦查抑或是两人的同谋。

从小,人们就教育小女孩"崇尚沉默是阿拉伯社会最强大的威力之一"。这被一名法国将军,"阿拉伯人的朋友",称为"威力"的东西,对我们而言是又一重伤害。

即便作为婚礼前期的例行公事,父亲必须征得女儿同意说出的"我愿意"——遵照《古兰经》的规定——都几乎到处(在穆斯林地区)被小心翼翼地遏止。由于年轻女子不能毫无遮挡地抛头露面出来大声宣布她同意(或不同意),于是她必须通过一名男性代言人"替她"说话。一句话被可怕地换成了另一句,并且,它让强迫婚姻的非法实行成为可能。在女人失贞、被强暴之前,这句话已经被玷污、滥用了。

此外即使没有"我愿意",人们也意识到这个大家期待从她口中直接说出的"我愿意",出于在父亲和律师面前的"羞怯",她可能以沉默或泪水来表达。确实在古代波斯,还有一种更特别的做法:在婚礼祝圣仪式上,男方清楚地表达同意;而新娘呢,在相邻的房间里,被许多女人簇拥着待在门附近,门上垂下一块布帘。为了让新娘说出这必不可少的"我愿意",女人们把姑娘的头往门上撞,逼她发出声音。

就这样,女人唯一可说的话,这表示顺从的"我愿意",在风俗的掩饰下,被她痛苦地说了出来,出于肢体上的疼痛或者被无声的泪水模糊了的双眼。

据说在一九一一年,来自阿尔及利亚各个乡村的女人们(母亲和姐妹)时常来到驻扎着所谓"土著"士兵的军营周围,伤心痛哭,泪流满面。满脸泪水的女人的形象,从痛哭流涕到歇斯底里,是当时的人种学家眼里唯一的"动态"形象:再也不是女战士或者英勇的女诗人了。只要仍然是部族的一分子,如果她们不是默不出声的隐形人,那么她们表现出的也只能是无力的愤怒。跳乌列德—娜伊尔舞的舞女、妓女们,从头到脚裹得严严实实,精致的面庞装饰着沉甸甸的首饰,踩着脚环发出单调的节拍。

从一九〇〇年到一九五四年,在阿尔及利亚,本地社会受到越来越严重的剥削，封闭在它自己的生活空间甚至部落结构里。东方的目光——先有军队翻译接着有摄像师和摄影师——关注着这个封闭的社会，强调它的"女性神秘"，以掩盖身处险境的全体阿尔及利亚人的敌意。

然而这无法阻止，在二十世纪上半叶，空间的挤压促进了亲情的紧密联系：表兄弟之间，兄弟之间，等等。在兄弟与姐妹的关系中，姐妹经常——还是因为那"沉默泪水中的——我愿意"——被家里的男性剥夺了继承权：这自古以来就有的对信任的莫大滥用，造成财产和人身权利的自动丧失，由此可见一斑。

在这个巨大监狱里身陷双重牢笼，女人只能把自己缩小到一滴水那么不起眼。唯有母亲——儿子的关系愈发牢固，直至阻挡了其他一切关系的运转。对于这些失去土地并且即将失去农作物的新的无产者来说，与根的联系越来越艰难，像要拼命挤过肚脐那么窄的地方才能实现。

可是，除了仅让男性获益的家庭内部挤压之外，还有与口述历史的联系。

母亲没有身体也没有自己的声音，她发出的声音都打上了集体的、暗沉的印记，而且必定是无性的。因为反复的失败已经悲惨得静止不动，人们宁可到别处去寻找新的灵感和活力，也不愿在广阔滋养的环境里待下去，那里成群的母亲和祖母们，在破烂房屋的内院阴影里，保留着情感的记忆……

上个世纪战败的回声犹在耳畔，色彩的细节处理不愧出自德拉克洛瓦手笔，目不识丁的女解说者娓娓道来：这些被人遗忘的女人的低声细语描绘着不可替代的宏伟画幅，编织起我们的历史感。

同样，母亲（没有躯体或相反地具有多重躯体）的存在被放大，成为两性之间几乎完全无法沟通的最坚固的结。然而与此同时，在话语领域里，母亲似乎已经垄断了文化认同的唯一真正的表达，当然她的表达仅局限在乡下，村里，本地通俗的圣人，有时还包括"宗派"，但不管怎么说都是实际的，充满热烈的情感。

仿佛，在生育方面退步了的母亲，向我们遮掩了她的身体，好让自己像模糊了的祖母的声音那样，成为超越时间的祭坛，而历史在这里被重新讲述。只是这历史排除了女性身体的原型形象。

像一道犹疑的虚线漂浮着，残余的女性文化渐渐窒息：年轻姑娘在露台唱的歌，托连森女人的爱情四行诗，拉格瓦特女人优美的葬礼挽歌，这样的文学不幸地离我们越来越远，最终像没有出口的枯河，遗落在沙漠中……

犹太和阿拉伯女歌手在阿尔及尔婚礼上演唱的民间哀歌，渐渐地，这些过往的美妙，怀旧的爱，带有些许暗示，由女人传给了少女，这些未来的牺牲品，仿佛歌曲的自我禁锢。

我们，院子里的孩子，母亲在我们眼里依然年轻，安详，戴着不会把她们压垮的首饰——暂时还没压垮——装饰她们无害的虚荣心，而我们，从远远传来的忧郁的女人声音中，还能感受到过去的炎热……却没有因此产生退缩。然而这些宁静的小岛，存在我们记忆中的间歇，是不是与画中阿尔及尔女人对生命独立的渴望有些相似呢，那完全隔绝的女人的世界？

那个世界，男孩随着年岁增长离它愈来愈远，而今天获得自由的年轻女孩也越离越远。特别是女孩，离开取代了她的哑口无言：她牺牲从前的闺房和女眷们，换取和男人面对面的机会，尽管这样的机会往往是骗人的。

就这样，这个女人的世界，当它不再传来温柔的窃窃私语，隐隐的抱怨，短暂的喜悦浪漫业已消失，这个世界突然地，冷漠地，变成以自我为中心的世界。

忽然眼前的现实不加掩饰地露出本来面目，丝毫不留恋过去：声音真的中断了。

三

阿尔及利亚解放战争刚刚开始，毕加索从一九五四年十二月到一九五五年二月，每天都生活在德拉克洛瓦的"阿尔及尔女人"的世界里。他进行对照后,围绕三个女人,和她们一起构建了一个完全变了样子的世界:出现了同一名称下的十五幅油画以及两幅印刷画。

想到这位西班牙天才主宰了一个时代的变革,我深受感动。

在进入我们的"殖民之夜"后,法国画家向我们展示了他的视角,吸引了波德莱尔①的欣赏,"散发出不知哪种来自破烂地方的香味,很快将我们引向忧伤那深不可测的地狱"。这破烂地方的香味从很远的地方传来,它后来变得越来越浓烈。

毕加索颠覆了咒语,让不幸散发光彩,用大胆的线条描绘出一种全新的幸福。这一先见将在日常生活中为我们引导。

"毕加索总是想解放闺房中的美人。"皮埃尔·戴斯②这么说。对空间的巨大释放,被舞蹈唤醒的身体,用尽全力,自由舒展。也留下一个神秘、高傲的女人,被瞬间无限放大。像一则道德寓意,思索古老、精致的宁静(那位女士,从前定格在阴郁的不快中,此后也一动不动,像一块内心强大的岩石)与开放空间里即兴的爆发之间的关系。

---

① 波德莱尔(1821—1867):法国象征派诗歌先驱,现代派奠基人,以诗集《恶之花》闻名于世。
② 皮埃尔·戴斯(1922—):法国记者,作家,出版了多部关于毕加索的著作。

因为再也没有后宫了，门大大敞开着，阳光流水般洒进来；甚至再也没有了间谍女仆，只有另一个女人，调皮的、正在跳舞的女人。画中的女主人公们——除了王后，尽管她露出了胸——都是裸体，毕加索似乎发现了日常语言的真相，在阿拉伯语中，"揭去面纱"的意思就是"脱去衣服"。仿佛他不仅仅要让这种裸露成为一种"摆脱束缚"的标记，更重要的是使之成为这些女人获得身体上的新生的标记。

艺术家的这一直觉出现两年后，在"阿尔及尔战役"中，出现了携带炸弹的女人。她们仅仅是民族主义英雄的姐妹和伴侣吗？当然不，因为这些英雄，在部落以外，孤零零的，从一九二〇年代到差不多一九六〇年，花了很长时间寻找他们的"姐妹和伴侣"，而她们多半处于监狱和被士兵虐待的阴影里。

仿佛要用断头台和第一批在黎明的清冷中被处决的人来震慑年轻的女孩，令她们为她们兄弟的鲜血而颤抖并且说出来。祖先的庇佑在这里成了胜利和死亡的呼喊。

人们不禁想问，这些携带炸弹的女人，离开闺阁的时候，是否完全出于偶然才选择了这种最直接的表达方式：她们的身体暴露在外而她们自己去攻击他人的身体。事实上，她们掏出炸药的时候就像在掏出自己的胸那样自然，这些手榴弹抵着她们的身体炸开来，紧紧抵着她们的身体。

她们中有些人的生殖器受过电刑，被酷刑折磨。

如果说自从战争存在以来，强奸作为战争的事件和"传统"本身就令人发指地司空见惯了，那么它便成了——当我们的女英雄成为它赎罪的牺牲品——痛苦动荡的动机，那是全体阿尔及利亚人都经历过的伤痛。报纸和法庭对它的公开揭露自然扩大了丑闻的影响：用来描述它的词语，围绕着强奸的事实，激起了一致的强烈谴责。一道词语的屏障跌落，反抗，面纱在遭遇危险的现实面前被撕碎，然而强大的压力逼得它不得不回头。压力吞没了不幸的集结，后者一度曾是有效的。一场战争的时间里，被词语揭露的内容，现在又有一大沓的禁忌主题落回到它头上，揭露的意义就这样被颠倒。又回到沉重的沉默，声音瞬间的恢复就此终结。声音再次被中断。父亲、兄弟或表兄弟们会说："我们为揭露这些话付出了多大代价！"他们可能忘了，女人在她们伤痕累累的肉体上刻下了这句话，受到的处罚就是蔓延到四周的沉默。

再次戛然而止的声音，再次被禁止的目光，重新建立起传统的壁垒。"一个坏地方的味道"，波德莱尔说。再也没有后宫。然而"后宫的组织"试图，在新的广袤土地上，建立它的法则，那就是：做隐形人，沉默不语。

在从前嘈杂的片段里，我想看到的是如何恢复女人间的谈话，那是德拉克洛瓦的画里所描绘的场景。我只希望在明媚阳光下敞开的门里，正如此后毕加索所画的那样，女人能在日常生活中获得真正的解放。

一九七九年二月

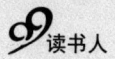

短经典精选系列

走在蓝色的田野上
〔爱尔兰〕克莱尔·吉根 著 马爱农 译

爱，始于冬季
〔英〕西蒙·范·布伊 著 刘文韵 译

爱情半夜餐
〔法〕米歇尔·图尼埃 著 姚梦颖 译

隐秘的幸福
〔巴西〕克拉丽丝·李斯佩克朵 著 闵雪飞 译

雨后
〔爱尔兰〕威廉·特雷弗 著 管舒宁 译

闯入者
〔日〕安部公房 著 伏怡琳 译

星期天
〔法〕伊莱娜·内米洛夫斯基 著 黄荭 译

二十一个故事
〔英〕格雷厄姆·格林 著 李晨 张颖 译

我们飞
〔瑞士〕彼得·施塔姆 著 苏晓琴 译

时光匆匆老去
〔意〕安东尼奥·塔布齐 著 沈萼梅 译

不中用的狗
〔德〕海因里希·伯尔 著 刁承俊 译

俄罗斯套娃
〔阿根廷〕比奥伊·卡萨雷斯 著 魏然 译

避暑
〔智利〕何塞·多诺索 著 赵德明 译

四先生
〔葡〕贡萨洛·曼努埃尔·塔瓦雷斯 著 金文彪 译

房间里的阿尔及尔女人
〔阿尔及利亚〕阿西娅·吉巴尔 著 黄旭颖 译

拳头
〔意〕彼得罗·格罗西 著 陈英 译

烧船
〔日〕宫本辉 著 信誉 译